*Para
Não
Desistir
Do
Amor*

Matheus Rocha

Para Não Desistir Do Amor

Outro Planeta

Copyright © Matheus Rocha, 2021
Copyright © Editora Planeta do Brasil, 2021
Todos os direitos reservados.

Preparação: Franciane Batagin Ribeiro
Revisão: Fernanda França e Laura Vecchioli
Diagramação: Márcia Matos
Imagens: Freepik premium
Capa: André Stefanini
Ilustração de capa: Basilius Besler / Picture Box Blue

Dados Internacionais de Catalogação na Publicação (CIP)
Angélica Ilacqua CRB-8/7057

Rocha, Matheus
    Para não desistir do amor / Matheus Rocha. – São Paulo: Planeta, 2021.
    128 p.

ISBN 978-65-5535-308-2

1. Crônicas brasileiras 2. Poesia brasileira I. Título

21-0572   CDD B869.8

Índices para catálogo sistemático:
1. Literatura brasileira

Acreditamos nos livros

Este livro foi composto em Chronicle Text e impresso pela Gráfica Santa Marta para a Editora Planeta do Brasil em março de 2021.

2021
Todos os direitos desta edição reservados à
EDITORA PLANETA DO BRASIL LTDA.
Rua Bela Cintra, 986 – 4º andar
01415-002 – Consolação
São Paulo-SP
www.planetadelivros.com.br
faleconosco@editoraplaneta. com. br

Dedico este livro a todos aqueles que não desistem de amar, apesar de tudo que insiste em pesar. Talvez, o mundo não nos mereça, mas, talvez ainda, ele não fosse mais habitável se não existissem alguns de nós.

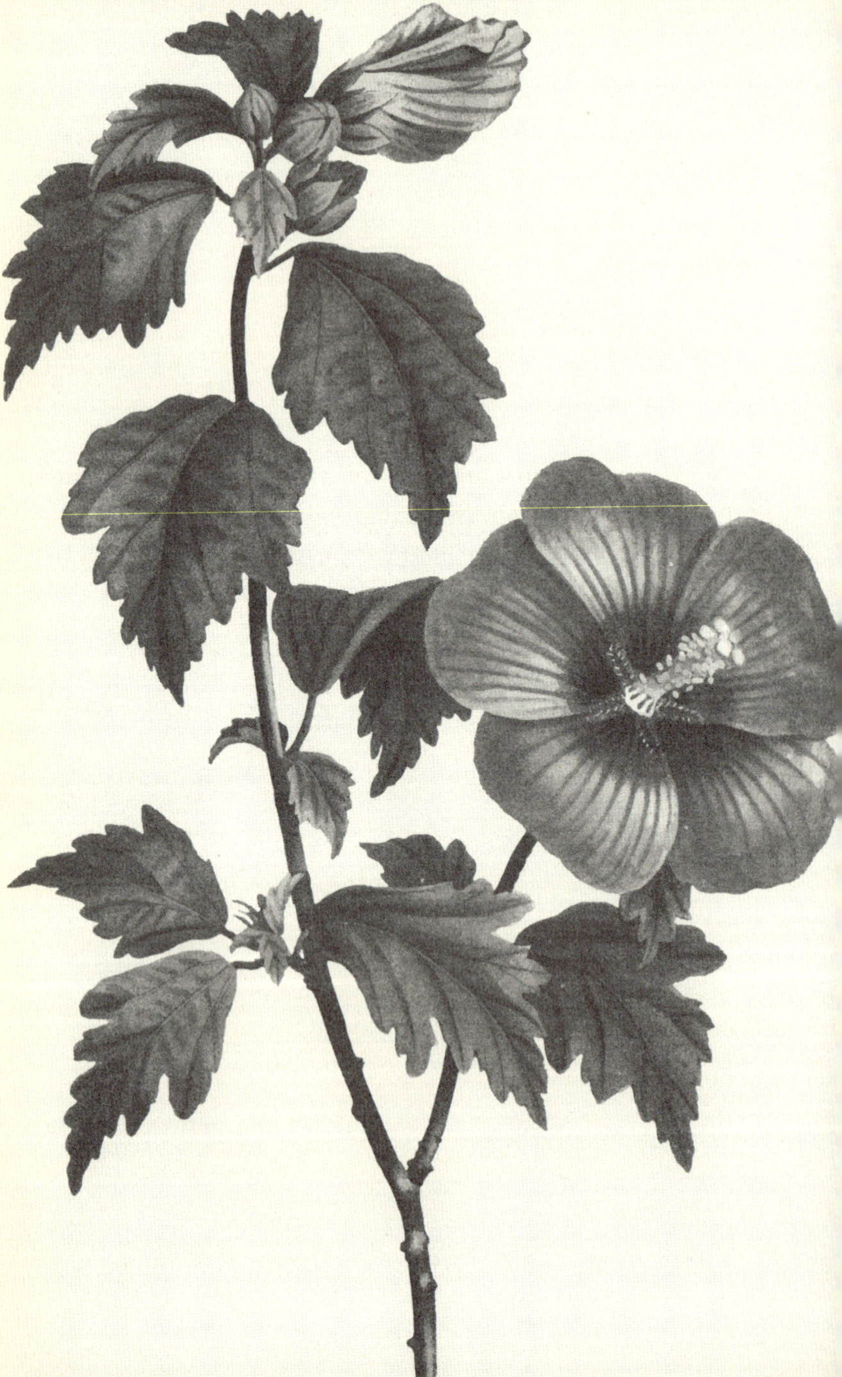

INTRODUÇÃO

A vida imita a arte, mas, honestamente falando, já não sei mais quando a minha vida e a minha arte se fundiram e se tornaram uma coisa só; por isso, nada do que eu digo é da boca pra fora. Foi tudo sentido do coração pra dentro. Ou foi enxotado do meu peito a pontapés. Sendo assim, desde que escrevi o meu primeiro livro, *No meio do caminho tinha um amor*, em 2016, nunca mais amei. E, não, não ache que isso é ruim. Não de todo.

Desde então, me concentrei em me amar. Em me conhecer. Em me tornar o protagonista da minha vida. Nunca foi fácil assumir esse papel, porque eu sempre quis alguém em quem colocar a culpa por tudo aquilo que desse errado. Sendo eu a pessoa mais importante, a culpa seria minha. Custou até entender que nem sempre existirão culpados ou que nem sempre tudo precisa pesar. Estou entendendo isso. Pelo menos, mais do que antes. Por isso, agora, estou num momento novo.

A verdade é que escrevi, nesse meio-tempo, *Pressa de ser feliz*, *Não me julgue pela capa* e *O cuidador de pássaros*, todos falando sobre autoconhecimento, só que sem tanto romance. Focados na minha relação comigo mesmo. Na minha busca pelo meu eu – que, já adianto, não encontrei. Me aproximei. Mas percebi que essa busca é eterna. Que se eu me concentrasse só nisso, perderia um mundo inteiro de possibilidades. Então, veio o *Para não desistir do amor*. Um livro de conselhos meus para mim, mas que quero dividir com você e que talvez também te sirva.

Percebi, olhando ao meu redor, que quase todos que eu conheço estão desacreditados no amor. Se decepcionaram tanto que se fecharam para o sentimento. Que ele, mesmo batendo à porta, às vezes não é atendido. Ou é silenciado. Sufocado. Então, como um pedido de socorro ou uma boia para aqueles que estejam tal como eu, se afogando, escrevi as próximas páginas, mas elas não são mais minhas.

Se você está segurando este livro em suas mãos, é por um motivo. Eu acredito que nada acontece por acaso, por mais que seja por acaso que quase tudo aconteça. Este livro, a partir deste momento, também é seu. E eu tenho um pedido especial, depois de dizer isso... Talvez você até o conheça, talvez você até estranhe, mas... Você precisa deixar suas impressões nestas páginas. Do seu jeito, da sua forma. Seja riscando, com lápis, marcador, papeizinhos coloridos: só não deixe que essas páginas saiam de você sem um pedaço do seu coração.

Diga que estou certo, terrivelmente errado, que somos como amigos, que você não quer mais me ver nem pintado de ouro, mas não deixe este livro sem marcas. Um livro sem marcas é um livro sem histórias. Neste aqui, serão segregadas muitas nossas. As minhas já foram impressas, porém as suas são aguardadas por estas páginas.

Dito isso, depois de não saber se você terá coragem o suficiente para rabiscar um livro e torcendo para que o veja como um diário, te entrego meu coração. Já sei que não devo entregá-lo a qualquer pessoa, mas... Você acha mesmo que QUALQUER PESSOA COMPRARIA UM LIVRO COM ESSE TÍTULO? Tenho certeza que não. E eu o escrevi por isso. Para encontrar outras pessoas que estão mudando o mundo com o simples gesto de não desistir do amor. Pode parecer pouco, visto de fora, mas só eu e você sabemos quão difícil isso é. Então, desde já, obrigado. Espero que as minhas palavras te abracem.

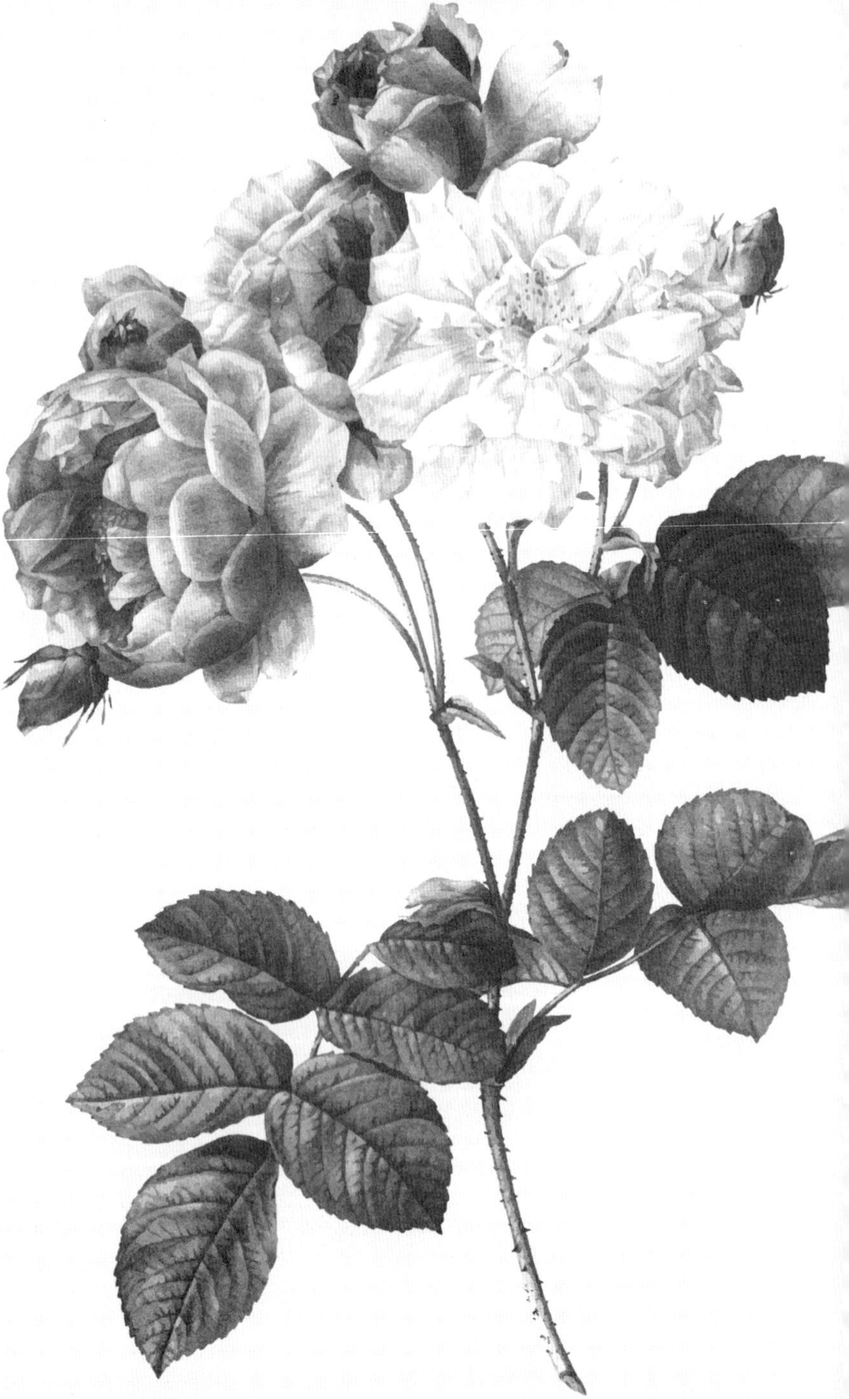

NÃO DIRIA QUE
SOU UMA PESSOA
SIMPLES OU FÁCIL
DE ENTENDER.
É QUE A VIDA ME
FEZ MEIO ROSA. ME
DEU ESPINHOS PARA
TENTAR PROTEGER
O MEU CORAÇÃO
DE FLOR.

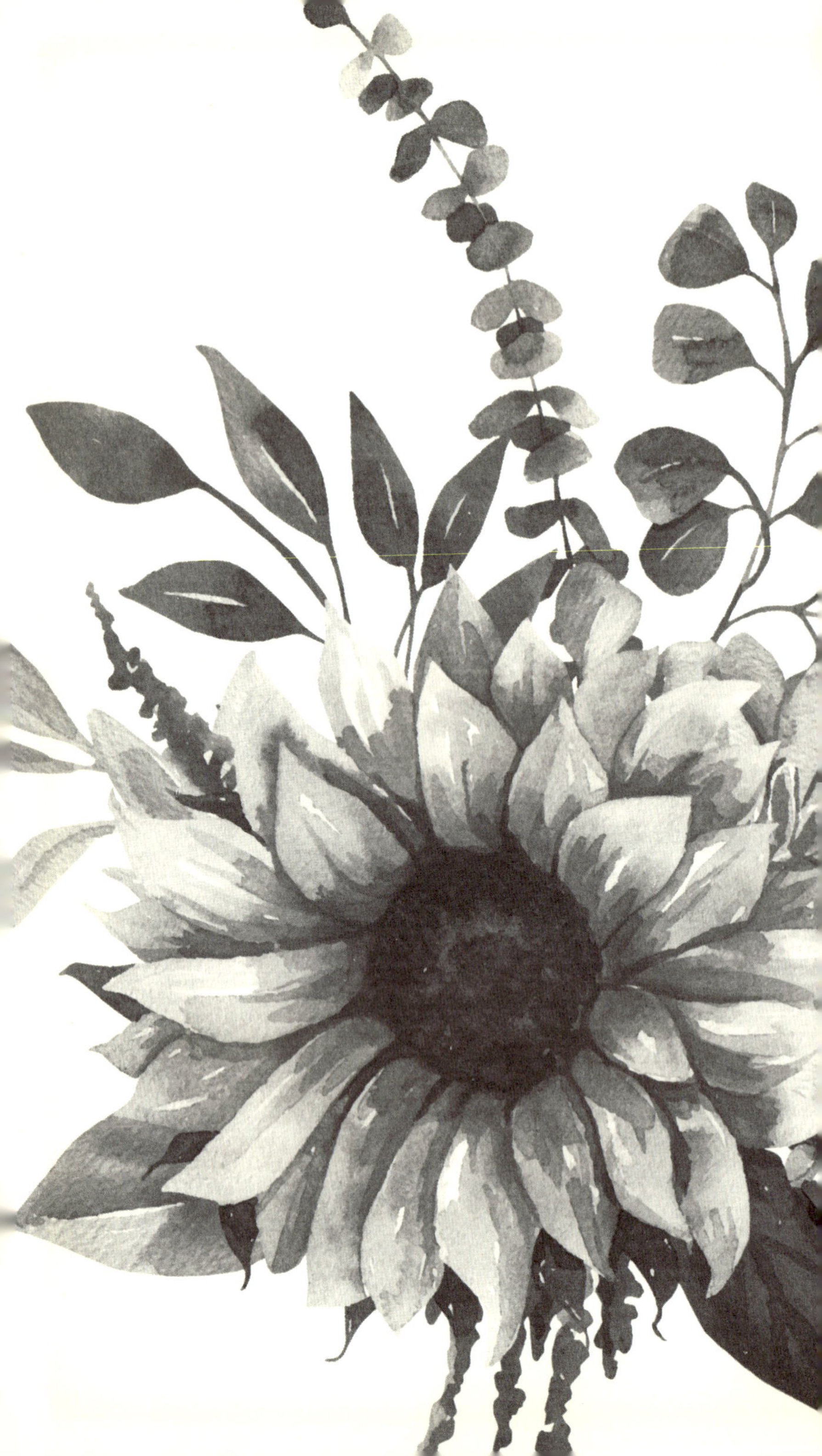

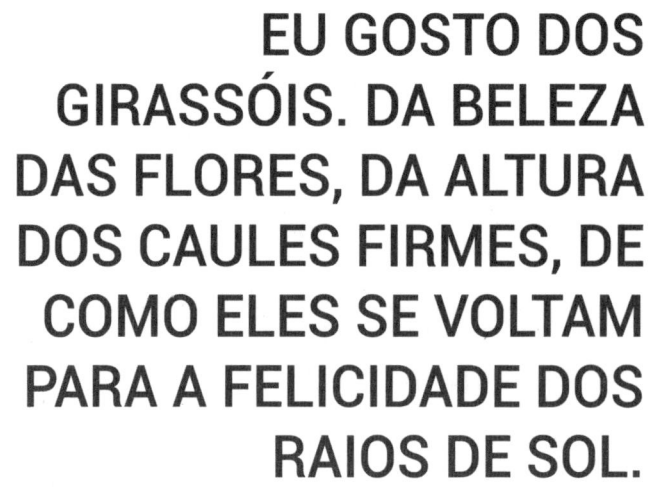

EU GOSTO DOS GIRASSÓIS. DA BELEZA DAS FLORES, DA ALTURA DOS CAULES FIRMES, DE COMO ELES SE VOLTAM PARA A FELICIDADE DOS RAIOS DE SOL. ACHO QUE A GENTE SE PARECE UM TANTO. OU EU GOSTO DE FINGIR QUE SIM.

CONTINUE FAZENDO A SUA PARTE PARA REALIZAR OS SEUS SONHOS. APRENDI QUE NEM TODAS AS SEMENTES PLANTADAS VINGAM, MAS, QUANDO GERMINAM, QUASE TODAS DÃO FLOR. É SEMPRE UM MISTO DE SORTE, DESTINO, SOLO FÉRTIL, ÁGUA, SOL E AMOR. SIGA O SEU PLANTIO. A VIDA DIRÁ A HORA CERTA DE COLHER.

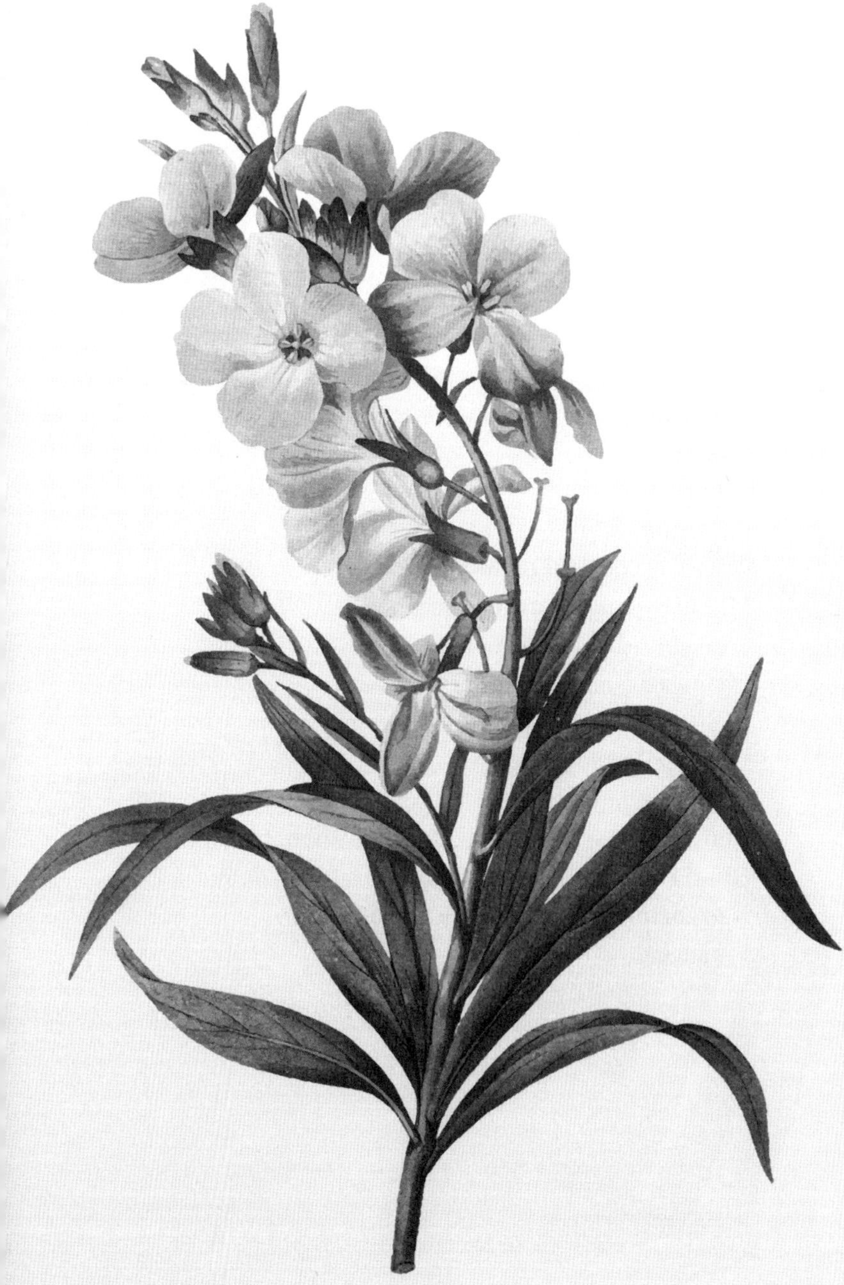

CANTADA

Queria te convidar para ver a Lua
Não uma, mas as nove que enfeitam a minha cabeceira
E queria te beijar de todas as fases
Minguante, crescente, cheia
Inteira
Inteiro
Para mim
Queria te convidar para ver o mar
Mas não qualquer um dos oceanos
O que invadiu o meu quarto
De um azul-margem-de-lago
Meio acinzentado para combinar
Com a poluição da cidade
Com a saudade
Com a lágrima que escorre desse sentimento
Queria te convidar para ver as luzes da cidade
Não em um teto solar de um carro alugado
Financiado

Mas as que pintam a minha janela
As dos apartamentos cheios
Porque os vazios já se apagaram
Queria te fazer mil convites
Mas você não responde às minhas mensagens
Você não retorna as minhas ligações
Você não ouve o meu chamado
Talvez porque você simplesmente não queira
Ou, talvez, quem sabe,
Porque eu só te chamei pelo nome errado
Como você prefere ser chamado?
Só tenho grafado – "amor"
É por esse apelido que tenho te buscado

SEGUNDA PRIMEIRA IMPRESSÃO

Não sou mais o mesmo
Mas não sei como dizer
Não é que eu tenha me transformado
Não sou uma coisa nova
Apesar de existirem em mim grandes novidades
Sou de novo quem deixei de tentar ser
Quem tentei esquecer ser
Quem anulei para um outro existir
O outro que você conheceu
Então, por favor, me desconheça
Apague os meus trejeitos
Apague o meu vocabulário
Mas não apague meu número
Não apague também o gosto do meu beijo
Não me destrua por completo
Me destrua apenas a ponto de ter, de novo, uma primeira
                                        [impressão

Dizem que ela é que fica
E eu quero ficar
Ao seu lado
Então, prazer
Espero poder te apresentar quem sou agora
E espero ainda que isso te agrade
Senão, desculpa
Eu não consigo abdicar de mim
De novo
Mesmo que seja para ter você

EU SEI QUE TUDO VAI FICAR BEM

Coração na boca
Gosto amargo
Sabor ansiedade
Ou seria dissabor?
Peito cheio
Pulmão vazio
Falta de ar
Falta de chão
Falta de lar
Falta de mim
Falta de tudo
Compressão
Implosão

Pensamentos
Acelerados pensamentos
Pensamentos acelerados
Fluxo sanguíneo acelerado
Mão tremendo
Frio na barriga Frio pelo corpo inteiro
Olhos sem foco
Ouvidos cheios de barulhos
Poros abertos e transpirantes
Olhos transbordando
Narinas em represa de ar
É uma crise

NEM TODO MUNDO MERECE A MINHA INTENSIDADE

Durante a minha vida inteira, fui intenso demais. Me doei, me entreguei de bandeja, me esforcei para suprir carências, necessidades, dos mais variados tipos, desde afeto até atenção, mas, pouquíssimas vezes, encontrei reciprocidade. Era sempre aquilo de me doar e me doer. E isso se dava em todos os tipos e níveis de relações e relacionamentos. Desde a cama até um dos mais puros e singelos sentimentos como o de amizade.

Mas uma hora a gente cansa, né? A gente fica exausto de se doar para os outros e não receber quase nada de volta. E me desculpe se você é altruísta o suficiente para só se dar sem a intenção de receber. Eu não sou assim. Aprendi que ninguém dedica tempo, atenção e carinho para cuidar de uma semente que plantou sem esperar que dali nasça algo. Se eu planto amor, espero, minimamente, colher amor. Mas eu colhia migalhas, indiferença e descaso.

E foi assim que fui entendendo que crescer era meio que "esfriar". Não completamente, é claro, mas era guardar aquela chama que tentam apagar a todo custo, para que queime só quando for a hora.

Nem todo mundo merece a minha intensidade. Aprendi isso depois de chorar muito sozinho na minha cama, na companhia dos meus sete travesseiros. Nem todo mundo que se diz disponível para você realmente está. Nem todo mundo que se diz interessado realmente está. Muita gente, na verdade, gosta de como você as faz se sentirem. E é por isso que elas continuam ali. Guardam você em suas geladeiras emocionais e tiram de lá apenas quando a barriga ronca de fome de amor, de atenção e de afago, que muita gente também não dá, mas com você... Ah... Com você é diferente. Eles sabem que irão encontrar.

Percebi que essa era meio que a fuga de muita gente desse mundo frio. Que eles tentavam bater em diversas portas, mas ninguém abria. E quando abria, não oferecia o mínimo para que se sentissem em casa. Já comigo, encontravam um banquete de amor disponível. Era só sentar e se deliciar. Tinha de tudo, de todo tipo e para todos os gostos e necessidades. Se fartavam e iam embora deixando a louça suja, a poeira nos móveis e a roupa de cama machucada. E eu? Além de lidar com a falta, precisava arrumar a casa toda outra vez.

Foi assim que aprendi a me fazer de desentendido, a pedir para avisarem antes de passar em casa. Comecei a inventar desculpas para não receber ninguém. Passei a evitar receber visitas. Custava um preço emocional muito alto, para mim, ser aquele alguém reserva, sabe? Eu merecia alguém inteiro. Alguém que fizesse tanto por mim quanto eu estava disposto a fazer por ele.

Esse alguém existia? Não. Ou, se existia, eu não tinha encontrado ainda. E não o encontrei. Não enquanto escrevo. Quem sabe um dia?! Mas já não vou mais fingir que encontrei só para calar a voz da minha carência. Só para dar cinco minutos de diversão para o tesão, para a vontade de sentir prazer.

Aprendi, depois de muito me doer, a pouco me doar. Nem todo mundo me merece. Sei também que não mereço muita gente. Então, mais do que nunca, serei fã da reciprocidade.

Quero um alguém que recarregue as minhas energias na mesma proporção em que eu o ajude a recarregar as suas. Quero uma troca. Algo mútuo, sabe? E não mais uma via de mão única na qual eu sirvo de tomada e o outro suga todas as minhas forças para se curar, ficar em paz, se satisfazer e depois seguir em frente como se nada tivesse acontecido. Comigo não. Não mais.

AMEI MUITAS PESSOAS QUE SÓ EXISTIRAM EM MINHA CABEÇA

É sempre aquela coisa de buscar o amor da minha vida, esbarrar em diversos caras que tinham todo potencial para tal cargo, mas acabar decepcionado. E, infelizmente, não posso sequer culpá-los. Esperei demais de quem não me prometeu nada. Construí personagens perfeitos a partir daqueles que queriam ser apenas de carne e osso, com defeitos e um peito acelerado. Esse é o problema em ser emocionado: você sonha sonhos em cima dos outros, mas eles não o ajudam a realizá-los.

Aprendi, a duras penas, a ser mais brando quando se trata de amor, paixão, essa coisa toda. Não é que eu seja menos romântico. Não. Eu não conseguiria. Mas aprendi a me autorregular a ponto de saber o que é fantasia e o que é vida real. A saber que, por mais que seja tentadora a ideia de encontrar alguém perfeito para mim, essa perfeição nunca vai existir, então, infelizmente, esse alguém também não. E está tudo bem.

Comecei a me permitir conhecer as pessoas como elas realmente são. E confesso: isso me frustrou. Elas eram muito mais interessantes nos quadros que eu pintava, mas eles logo desbotavam. Ou se apagavam por completo. Só sobravam as molduras e as marcas dos pregos nas paredes do meu coração, que martelei para pendurá-los ali. Lindos, reluzentes e falsos como uma miragem no deserto.

Amei muitas pessoas que só existiram em minha cabeça. E não digo isso com orgulho. Digo isso de modo dolorido porque machucou. A gente não faz esse tipo de coisa de propósito, de caso pensado. Acontece. E só notamos quando já é tarde demais para voltar atrás. Quando não há mais o que fazer, além de desconhecer aquele alguém. Nem que seja para tentar conhecer de novo. Mas isso raramente acontece.

Enfeito tanto, que é como se eu estivesse usando óculos de sol para ver uma paisagem, e as lentes exagerassem as cores. Ainda é uma paisagem, ainda está diante de mim, mas se eu tiro aquelas lentes, é diferente. E é como se eu fosse tão dependente desses óculos, que os usasse até à noite. Mesmo vendo pouco. Mesmo que seja difícil perceber todos os detalhes. Estava tão aficionado na ideia de que aquilo me ajudaria a ver a vida de uma maneira mais bonita, que não me permitia ver a vida como ela é.

Hoje, não vou mentir que ainda não me flagro usando as lentes. Uso. Tornou-se um padrão, algo que luto para combater, que tento mudar, mas que não representa um processo fácil ou rápido. Ele acontece aos poucos. E estou dando os meus passos. Lentos, mas caminhando. Uma hora eu chego "lá". Mesmo sem saber onde "lá" é, torço para que seja em um coração tão bom quanto o meu. E, se não for, continuo sozinho, pois aprendi a ver beleza inclusive nisso.

CANSEI DOS AMORES DE UMA NOITE

Eu queria que a gente tivesse dado certo, sabia? Queria mesmo. Queria tanto que comecei a enfeitar você de um milhão de maneiras, de um milhão de jeitos, por um milhão de motivos. E, sim, eu sou exagerado mesmo. Sou intenso também. Alguns amigos dizem que não é exagero ou intensidade, é loucura. Eu também acho. Gosto de ser meio louquinho assim, isso me ajuda a deixar o mundo mais habitável. Mas o papo é que eu queria que a gente tivesse dado certo, só que você sumiu depois da primeira noite.

Por falar em primeira noite, voltei para casa sorrindo. Eu disse que enfeito as coisas, não disse? E eu te pintei feito Monalisa para os meus amigos antes de dormir. Disse que você tinha um jeito meio misterioso, que dava vontade de saber o que se escondia por detrás dos teus olhos, que dava vontade de continuar mordendo a tua boca entre os beijos, que dava vontade de te ter sempre por perto. Eu te pintei igualzinho ao quadro. Já viu que ele não é tão grande e que tem uma fila enorme de pessoas para fotografá-lo, tornando a tarefa de chegar perto quase impossível? Então. E quando falo sobre tamanhos, não estou falando apenas sobre a estatura.

Cheguei a um nível de carência emocional que comecei a idealizar muito as coisas. E não, não estou mais falando sobre você. Não acho a sua existência reduzida. Na verdade, eu inventei muito sobre você para mim. Eu o vi como queria ver e colocava palavras na sua boca, e apenas aquelas que queria ouvir. Romantizei uma ficada, porque queria alguém que ficasse. E você, como diversos outros, sumiu depois do primeiro encontro. Acho que já me acostumei aos amores de uma noite.

 Mentira. Não me acostumei. Jamais vou me acostumar. Gosto de ser profundo, de mergulhar de cabeça. E sobre a idealização de pessoas perfeitas, tenho tratado na terapia. Mas lembra-se do que eu disse sobre gostar de colorir o mundo? Então. Ainda não encontrei alguém que enxergue as cores da mesma maneira que eu, por isso, só me basta, às vezes, alguém que enxergue colorido em um mundo tão preto e branco. É por isso que topo os encontros, mas é hora de me poupar. Cansei dos amores de uma noite. Vou ver uma série e depois dormir. Eu ganho muito mais, mesmo que não sejam os beijos.

ME SINTO O MEU MELHOR AMIGO

Honestamente, eu estaria mentindo se dissesse que não quero um relacionamento sério e estável agora. Querer eu quero. E *muito*. Mas acontece que não estou disposto. Meu coração pede que sim, porém minha mente se faz de desentendida. Eu prefiro ouvir, neste momento, a voz da razão. E, sinceramente, tenho motivos demais para curtir a paz que é não ter alguém ao lado. Sim, você leu certo: paz. Custei até entender isso, mas a ficha caiu.

Cheguei em um estado de conforto interno. Consegui apagar todos os grandes incêndios, me bastar com a minha existência, tapar diversos buracos, e aprendi a recarregar a minha bateria de reciprocidade e amor com outros tipos de relações amorosas, por exemplo, estando rodeado de amigos fiéis e verdadeiros. Quando somos tudo isso, não consigo me ver com disposição o suficiente para embarcar na montanha-russa de emoções que é me envolver com alguém.

Eu poderia dizer que é porque quero aproveitar o Carnaval, beijar dezenas de bocas, não me preocupar com fidelidade, compromisso, mas nada disso é uma verdade inteira. Eu só não estou em condições emocionais de me desgastar com coisas que posso evitar. Mas, assim, se uma paixão avassaladora me ganhar, se alguém chamar a minha atenção a ponto de mobilizar os meus pensamentos, eu me rendo fácil. Só que sigo falando como se o meu coração não estivesse, de fato, envolvidão.

Estou na fase mais *minha* da vida. Me sinto o meu melhor amigo. Me sinto capaz de resolver todos os dilemas que estão diante de mim. Tenho força para trabalhar, saúde para sorrir e café quentinho a qualquer hora do dia. Isso tem me bastado. Parei de querer ter tudo o tempo todo. Parei de achar que só seria feliz completamente quando tivesse um mozão do lado. Me tornei o meu próprio mozão. E nos dias em que a carência me ganha e eu só gostaria de receber um café da manhã na cama, levanto, vou até a cozinha, preparo o meu café e volto para comer entre os meus travesseiros. São vários na cama e ainda tenho mais três almofadas. Nunca durmo só. Estou sempre bem-acompanhado.

O som dos trovões segue ecoando por todos os cantos da cidade, do meu quarto, do meu peito. Alguns estrondos causados pelos choques das nuvens, outros dos meus pensamentos, alguns ainda do nosso encontro que começou em alguma vida passada. Dizem que manter longe dos olhos ajuda a esquecer. A doer menos. Confesso que ajuda. Porém, não passa disso. E a gente sabe que ajudar não significa resolver.

Pois saiba que nem te amo mais. Acho que nunca deixei isso claro, mas é importante dizer. Eu só sinto falta da paz que era ter alguém que me entendia tanto que, às vezes, era capaz até de me explicar. Mesmo que nem eu, de frente para o espelho, conseguisse me descrever tão bem. E olha, é tão difícil encontrar alguém capaz de fazer isso... Sou complexo demais e não é qualquer pessoa que tem a paciência de perceber que é só autodefesa. É medo de sofrer de novo, de deixar a paixão dizer outro "eu te amo!", assim, em voz alta, em vez de sussurrando entre um beijo e um puxão de cabelo, no escuro do quarto.

Acho que estou condenado à solidão por, pelo menos, um punhado de tempo – mas com sabor de eternidade. É que além de não ter muita paciência para me apresentar e explicar tudo que sou, que fui, que pretendo ser, para alguém novo, ainda tenho preguiça de decorar os sabores de pizza preferidos desse alguém, de conhecer suas bandas ou artistas favoritos, de ouvir sobre todos aqueles que vieram antes de mim e, possivelmente, serão as bases comparativas para todas as histórias que seguirão.

A gente sabe, eu sou chato demais, exigente demais, perfeccionista demais e intenso demais. Sou coisas demais até para que eu mesmo me suporte, que dirá entregar essa responsabilidade nas mãos de outra pessoa. Para dar certo comigo, tem que ser por culpa do cupido. É a única explicação. Tem que rolar aquela mágica hipnótica da paixão que meio que cega a gente e faz com que sigamos em frente marcando "aceito e quero continuar" e ignorando todos os termos de uso daquela relação. Enfim... Eu queria escrever apenas para dizer que sinto saudades. Não de você. De mim. De como eu era quando tinha você. Me queria de volta. Você pode continuar onde está.

MUITOS (DES)ENCONTROS SÃO NECESSÁRIOS PARA QUE UM ESPECIAL ACONTEÇA.

O seu celular tocou, mas não era uma ligação minha. Mais uma notificação chegou, mas também não era uma mensagem minha. A sua caixa de e-mails está lotada, mas nenhum e-mail desses foi escrito por mim. Amadurecer é aprender a hora exata de não dizer certas coisas. De engolir certas palavras. De não deixar que elas vejam a luz da fala. E eu, ah, sempre fui um ótimo aluno.

O amor é como o oxigênio. Você jura que consegue controlar a sua respiração, você tem certeza absoluta de que infla e esvazia os pulmões quando quer, mas a verdade é que você, simplesmente, tem apenas uma falsa sensação de domínio. Quando menos espera, por mais que lute contra, o amor invade o peito e segue até o mais profundo átomo da sua alma. É nesse momento que você respira fundo e se dá conta de que está – apaixonado.

SÓ SE AMA UMA VEZ NA VIDA

Confesso que já fui do tipo de apaixonado que implorava para que o outro ficasse, para que ele desse mais uma chance para nós dois. Com o passar das desilusões amorosas, entendi que quem quer ficar não precisa de pedido. Mais vale sofrer a dor de um fim do que mendigar afeto. Percebi que suplicava porque não conhecia tão bem o meu valor, não tinha tantas referências do que era ser valorizado. Mas fui construindo, aos poucos, esses referenciais.

Quando caiu a ficha de que a gente ama mais de uma vez na vida, acho que me libertei de muita coisa. Acredito que amores não se repetem nunca mais e, por isso, cada um deles é único, mas nosso peito é capaz de se apaixonar outra vez com talvez ainda mais intensidade do que em comparação à paixão anterior. Só é difícil perceber isso quando o coração está sangrando pelo adeus recente.

Custou muito até que eu chegasse a essa conclusão. Não se engane. Nenhuma maturidade surge do dia para a noite, enquanto dormimos, como se fosse mágica. Não. Muito pelo contrário. Os aprendizados podem até chegar pela noite. Mas, infelizmente, são naquelas horas em não conseguimos dormir direito de tão cheia que está a cabeça. E não, não quero romantizar a tristeza, nem acredito que a gente precise dela, mas é meio que inevitável vivenciá-la em alguns momentos da vida. Sendo assim, tento, ao menos, extrair uma lição de moral daquilo tudo.

Às vezes, morro de saudade da pessoa romanticamente inocente que eu era. Que não tinha um peito machucado, algumas cicatrizes e conseguia confiar inteiramente a sua vida nas mãos do outro. Mas, logo caio na sobriedade de reler o que acabei de dizer e vejo que é perigoso se entregar inteiramente nas mãos de alguém. Se, em certas circunstâncias, nem nós mesmos sabemos como lidar com quem somos e com os nossos destinos, imagina confiar tudo que temos, de fato, na mão de outrem. Por mais que exista amor, existe também uma parte em mim que é só minha. Algumas outras, eu posso até emprestar, com a condição de você cuidar bem. Senão, me tomo de volta.

UM XÊRO

Acho que a pior parte depois do fim é refazer a rotina, porque, antes, tudo era pensado para encaixar os dois. Nem que fosse no: "Amor, estou indo dormir, dorme com Deus, sonha com os anjos. Um xêro". Ou acordar com: "Bom dia, flor do dia! Dormiu bem?". E faz falta, sabe? Pode parecer pouco, pode parecer bobo, mas sou bobo mesmo e fico feliz por pouca coisa, é o meu jeito. Sou apaixonado por detalhes.

Cresci com a minha mãe falando que dizemos "eu te amo" por meio de ações, e não só de palavras. Acho que tornei essa fala a minha maneira de amar. Seja enviando uma mensagem durante o dia, uma música, uma imagem engraçada, indicando um filme ou todas as outras coisas meio banais que a gente faz em uma quarta-feira indigesta de um tempo meio confuso, sabe?

Apesar de ser difícil no começo, com o tempo a gente consegue reconstruir a rotina. Dessa vez, toda moldada para um, mas difícil mesmo é se contentar com qualquer outro lugar depois que se conhece o paraíso. Depois de se ter uma base comparativa, volta e meia a carência lembra a gente do que um dia tivemos, de como era gostoso dividir a vida, só que, nesse momento, a saudade já não é mais daquele alguém, mas sim saudade de alguém novo. É a vontade de um novo amor.

Só que, apesar da vontade enorme de me dividir com outra pessoa, tenho pânico só de pensar em passar por mais uma despedida. Tento me convencer de que posso estar perdendo grandes oportunidades por não me permitir, mas outra parte de mim diz que é porque não senti nada tão forte que me fizesse desligar a cerca elétrica que envolve o meu coração.

Não sei qual lado de mim está certo, mas ainda bem que existem os amigos. Eles, que estão com a gente do nascer ao despedir do Sol, são as melhores pessoas para desejarmos um "boa-noite" de maneira sincera e cheia de amor. Por isso, caso ninguém tenha dito isso a você hoje, eu digo: estou indo dormir, meu bem. Dorme com Deus quando for dormir e sonha com os anjos. Um xêro.

POR HOJE, É ISSO

Preciso confessar que, em certos dias, é difícil manter as esperanças. Como bom ansioso que sou, sempre projetei no futuro as minhas expectativas de melhora. Torcia o dia inteiro para o dia seguinte ser melhor. Passava uma semana imaginando a próxima. Ficava o mês inteiro sonhando com o mês seguinte. Mas não me deixo mais pensar no ano que vem. Está logo ali, mas parece tão distante diante de tantas coisas que eu ainda quero conquistar.

Dormir também não tem sido fácil. Me sinto preso naquele filme cuja mocinha perde a memória, vive o mesmo dia e todo dia o cara tenta conquistá-la e casar-se com ela.[1] Só que sem a parte do cara e do casamento. Meus dias são reprises, baseados em algum domingo que eu gostaria de desviver, de esquecer, de ter feito melhor. Mas não é possível. Não há quase nada que eu possa fazer além do que tenho feito.

Bom, pelo menos consegui me dar por vencido e parar de me atropelar nesse momento. Acho que se tivesse que tirar uma lição dessa fase, seria esta: parei de me cobrar perfeição. Parei de exigir tanto de mim. Se o mundo está um tanto quanto bagunçado, me dei a licença poética para estar também. Tenho feito o que posso. O que dá. Quando dá. Do jeito que der. Quando tudo dá certo,

---
[1] *Como se fosse a primeira vez*, filme de 2004, dirigido por Peter Segal. (N.E.)

aplaudo. Quando não, digo um sonoro: "Bom, pelo menos eu tentei, né?". E sigo.

Minha avó sempre dizia: "O que não tem remédio remediado está". E levei muito tempo para entender o que ela queria dizer. Traduzindo para os dias atuais, nos quais ainda esperamos um remédio, uma fórmula mágica que nos salve desse temporal, entendi que, se dei o meu melhor, mesmo diante do meu pior e ainda assim não foi o suficiente, não foi por minha causa que deu errado, mas sim porque as coisas precisavam ser assim. E, confesso: nunca gostei desse tom conformista, mas tenho me permitido sentir conforto nele. Aprendi que a vida costuma cuidar das pessoas de bom coração. Tenho entregado tudo nas mãos de Deus e dos meus travesseiros. Por hoje, é isso. Amanhã, quem sabe?

EU PRECISEI PERDER VOCÊ PARA ME GANHAR

Oi, esbarrei em uma foto sua com outro cara e achei que doeria em mim quando esse dia chegasse, mas não doeu. Por incrível que pareça, não consegui me imaginar ao seu lado. Não mais. Fico feliz que nós dois encontramos "alguéns". Você, um novo namorado. Eu me encontrei. Não quero desmerecer sua conquista ou dizer que você não tenha a si. Na verdade, isso não importa mais agora. Ver você seguindo em frente me fez perceber que eu não poderia ser quem eu sou hoje se ainda estivéssemos juntos.

 Acho que tudo isso vale para você também, não é? Acho que você deve estar feliz com o resultado de tudo. Com a somatória, divisão ou, sei lá, com a multiplicação de todos os momentos que a gente viveu. Não dá para esquecer. Eu sei. E digo isso porque já tentei. Já desejei, em dias frios e chuvosos como hoje, nunca o ter conhecido. Agora, agradeço por ter passado. Por não doer mais. Por me sentir finalmente livre daquela nossa história. Tinha medo de que você ficasse em mim por sete anos, que é o tempo que a energia sexual fica nos corpos, como li outro dia.

 Acho que vai ter muito da sua energia em mim a vida toda. É que ninguém sai ileso de uma relação. Nem todas as marcas causam dor, mas mesmo as que não doem são marcas. São cicatrizes. Aprendi a fazer com as minhas algo que a minha psicóloga me ensinou. Tem uma técnica oriental que, quando um vaso se quebra, eles o colam com ouro. É uma maneira de ter o objeto de volta, mas preservando sua história, ressignificando tudo aquilo que passou e trazendo vida e valor outra vez. Fiz isso com o meu coração.

Hoje, já não me sinto mais aquele garoto assustado que você conheceu e tinha medo de dormir no escuro. Na verdade, daquele garoto só resta o nome, já que nem o número de telefone e o endereço são os mesmos. Um dia, você me disse que quando o nosso pior pesadelo se realiza é porque dali em diante tudo irá melhorar. Não sei como agradecê-lo por essa frase. Realmente. Tudo ficou melhor. Eu precisei perder você para me ganhar.

EU SÓ QUERO PAZ

Confesso, logo de cara, que nunca achei que eu fosse tomar essa decisão, mas agora vejo como a única saída. Cansei. Sabe quando você esgota todas as possibilidades de fazer dar certo, porém nada mais depende de você ou da sua vontade? Sabe quando você se poda achando que os seus excessos estão estragando as coisas, mas mesmo chegando ao seu limite, nada muda? Então, para mim, é o fim da linha para nós.

Durante muito tempo não aprendi a lição. Insisti em dizer "eu te amo" a quem só me respondia "eu também". Machuquei-me de todas as maneiras tentando conter as feridas das suas ausências, da sua metade presente na relação. Digo metade porque nem de muito longe era possível sentir que você estava com os dois pés fincados na nossa história. O tempo todo, eu via você com uma perna estendida e a outra apoiada. Só bastava um pequeno impulso para que você pulasse fora e me deixasse afundar sozinho com o peso do nosso amor.

Percebeu? Eu disse peso. O nosso amor, para mim, já estava ficando pesado. É que justamente o sentimento que deveria me libertar estava podando as minhas asas. Ali, dentro do nosso convívio, já não tinha mais espaço para mim. Você, seu descaso, sua falta de atenção aos detalhes ou até mesmo às grandes coisas já estavam me enclausurando dentro de um roteiro que não sonhei para o filme da nossa comédia romântica.

Chega uma hora da vida em que precisamos perceber se realmente é necessário passar por certas coisas. A gente precisa, de fato, ouvir o nosso coração e fazer uma escolha ingrata, porém extremamente importante: eu morro por esse amor ou mato esse amor em mim? Eu escolhi viver. Ainda que agora – e certamente durante algum tempo – me sinta meio morto, meio frio e meio incrédulo que alguém apareça para me fazer mudar de opinião sobre os relacionamentos.

Logo eu, que sempre acreditei no amor, que as coisas poderiam ser corrigidas, que tudo poderia entrar no eixo, acabei supondo isso tudo por nós dois. Talvez esse tenha sido o meu erro – ter sentido demais. Por mim e por você. Mas agora tanto faz. Só quero mesmo dizer que não quero mais. Ou melhor, quero sim, quero paz. Só isso. Nada mais.

A CARÊNCIA É A PIOR CONSELHEIRA

Você também já tentou mudar a sua intensidade? Eu já. Quis me fazer de rádio, sabe? De caixa de som. Tentei mudar a minha estação, abaixar o meu volume, mas não deu muito certo. Senti como se estivesse calçando um tênis um número menor que o meu tamanho. Ainda cabia no pé, só que apertava. Era desconfortável andar. Existir. Cansei. Preferi ficar descalço. Livre.

De todas as lições que aprendi na vida, amigo, a mais importante é que não adianta tentar mudar a sua essência para ser o que esperam de você ou como você acha que seria mais fácil viver. Pode até funcionar no começo, mas, depois de um tempo, o desconforto é maior do que a felicidade e é justamente nesse momento que você percebe que não adianta querer se transformar em outra pessoa. Você percebe que é preciso se abraçar e mudar o cenário ou, em outra hipótese, a companhia.

Sou desses românticos incuráveis, até um tanto quanto grudento, do tipo que responde rápido, está sempre disponível, demonstra interesse e, se for preciso, corre atrás. Esse é o meu jeito. Se não é o seu, tudo bem, eu respeito. Só que não vou mudar para atender uma galera que prefere mendigar amor, que curte desprezo, que precisa de alguém que suma. Esse não sou eu. Tudo bem se você for assim, eu respeito.

A gente, afinal de contas, precisa entender que existem diversas maneiras de se relacionar, de demonstrar amor. Nem todos se relacionam ou demonstram igual a gente. E isso não é bom nem ruim. São só jeitos. Para funcionar, os nossos precisam ser iguais ou complementares. Digo isso por experiência própria. Eu já tentei. Não deu. Doeu. E foi às custas das lágrimas que eu entendi.

Levando topadas também percebi que a carência é a pior conselheira, sendo assim, prefiro sentir o gosto meio amargo da solidão do que o sabor completamente azedo do abandono, do fim das histórias e das traições. Sou uma ótima companhia. Se, neste momento, ninguém me parecer interessante a ponto de me permitir oferecê-la, vou curti-la sozinho. E ser feliz igual.

DESABAFO

Às vezes, me quero de volta
Às vezes, não me quero mais
A verdade é que só quero ser
muito mais do que posso ser agora
A vida ignora os meus planos
A vida ignora os meus pontos
A vida traça as próprias metas
E eu que me vire com os desenganos

QUANDO VI, JÁ ERA AMOR

E só vingou nisso
Porque eu não pude ver antes

Ao menor sinal de paixão
Sempre fugi
Abri mão
Não me permiti

Fiz dessa corrida de gato e rato
O meu alimento
O meu acalanto
O meu abrigo

Mas uma hora cansa
Uma hora eu cansei
Já não queria mais correr
Eu queria abrigo
Eu queria acalanto
Eu queria alimento

Só que quando se dorme sozinho
Não dá para esperar café na cama
Beijo de bom-dia
Conchinha

Quando se dorme sozinho
Só se encontram travesseiros
E eu tenho muitos
Vários
De todos os tipos
Mas nenhum que me abrace como você
Quando vi, já era amor
E só vingou nisso
Porque eu não pude ver antes

Me entreguei guerreando
Não desisti de desistir nem por um segundo
Mas ganhei café na cama
Beijo de bom-dia
Conchinha

E foi aí que eu percebi que você era
Tudo aquilo que eu ainda não tinha
A parte que me faltava
Mesmo eu me bastando por inteiro

SOLIDÃO

Gritar
Com toda a força da garganta
Até doer
Até a voz acabar
Até não restar mais uma gota de ar
Até não restar mais uma gota de ser
É assim a solidão

Um grito
Com eco
Que se propaga
No vazio
Com o vazio
Por causa do vazio

Uma voz estridente
Que ninguém escuta
Que ninguém nota
Que ninguém se importa

Que vagueia por entre os carros
Os prédios
O asfalto
Mas ninguém vê
Ninguém

Nem mesmo uma pessoa
Só uma
Pelo menos uma

Ninguém
Mas ela persiste
Se rega com lágrimas
Se alimenta de pensamentos
Floresce feito erva daninha
Mesmo distante da primavera
E vigora

Mas ninguém vê
Ninguém
Nem mesmo uma pessoa
Só uma
Pelo menos uma
Alguém que notasse aquela flor
Aquele grito
Aquela voz rouca
E abraçasse

Ninguém
Ninguém mesmo

E, assim, a solidão se preenche
De mais solidão
Se multiplicando
Enquanto divide a gente
Até não restar mais nada
Até não restar nem mais uma gota de ar
Até não restar nem mais uma gota de ser

NEM TODO SORRISO É HONESTO

Olha, amigo, eu só queria dizer a você que não é fácil ser eu. Me carregar pelos dias. Sei que, diferentemente de mim, você não tem que lidar com a ansiedade que me aperta o peito, por isso, vou emprestar a você os meus sentimentos nestas próximas linhas, para que você entenda como é arder em minha pele nesses tempos de caos e incertezas.

Para começo de conversa, nunca existe silêncio por dentro para um ansioso. A nossa cabeça sempre está conversando sobre alguma coisa. Sussurrando algum pensamento, tentando prever algum acontecimento ou imaginando como se defender de algum possível tormento. Estou sempre pronto para lutar ou correr. Não sei mesmo como ficar parado, quietinho, em silêncio. Em paz.

Invejo muito você, sabia? É. Invejo essa sua capacidade de dormir uma noite inteira, de deitar-se na cama e apagar, de não ter pesadelos ou precisar contar carneirinhos. Eu já coloquei nome em todos eles. Já pergunto até como anda a família, de tão íntimo que sou. E o pior de tudo é só dormir quando o corpo está exausto, porque, nesse caso, já não restam muitas horas de sono e só consigo ter uma única certeza: meu humor no dia seguinte estará uma bosta.

Se os dias andam instáveis para toda a população mundial, imagina para a nossa parcela que precisa lidar com esses fantasmas que a ansiedade manda para nos assombrar?! Pois é, amigo. Anda difícil ser eu nos últimos dias, mas não se preocupe, eu sobrevivo. Já passei por fases piores. Já vi monstros maiores. Eu dou conta, mesmo que duvide de mim mesmo diversas vezes.

E contei tudo isso a você só para que saiba: nem todo sorriso é honesto. Às vezes, ele só quer esconder o que os outros não querem saber ou com que não se importam de verdade. Enfim... Acho que já desabafei demais. Vou deixá-lo ir. Preciso me concentrar em respirar fundo. Minha psicóloga disse que ajuda.

MANTRA PARA TODAS AS NOITES

Sabe, pequeno, não adianta muita coisa passar o dia perdido em pensamentos, arranjando soluções para os problemas que você mesmo criou. Não quando se tem a noite inteira e dois travesseiros macios para fazer isso. Mas só servem dois. Não tem tanto segredo: no primeiro travesseiro você debruça a cabeça e simula o colo que o protege; no segundo, deposita seu afeto, abraça feito gente.

Não precisa rever aquele filme da vida antes de dormir, não conta carneirinhos. Você deve imaginar uma parede lisa, sem linhas nem riscos, limpa. Assim você dorme. Dormir pode não parecer alento, mas cura feridas. Amanhã, o dia vai nascer para você e é sua oportunidade para não repetir os mesmos erros ou gastar as horas com aqueles pensamentos que apunhalam seu já sofrido coração. Respire leve, caminhe calmo. E tenha força. A vida costuma cuidar das pessoas de bom coração.

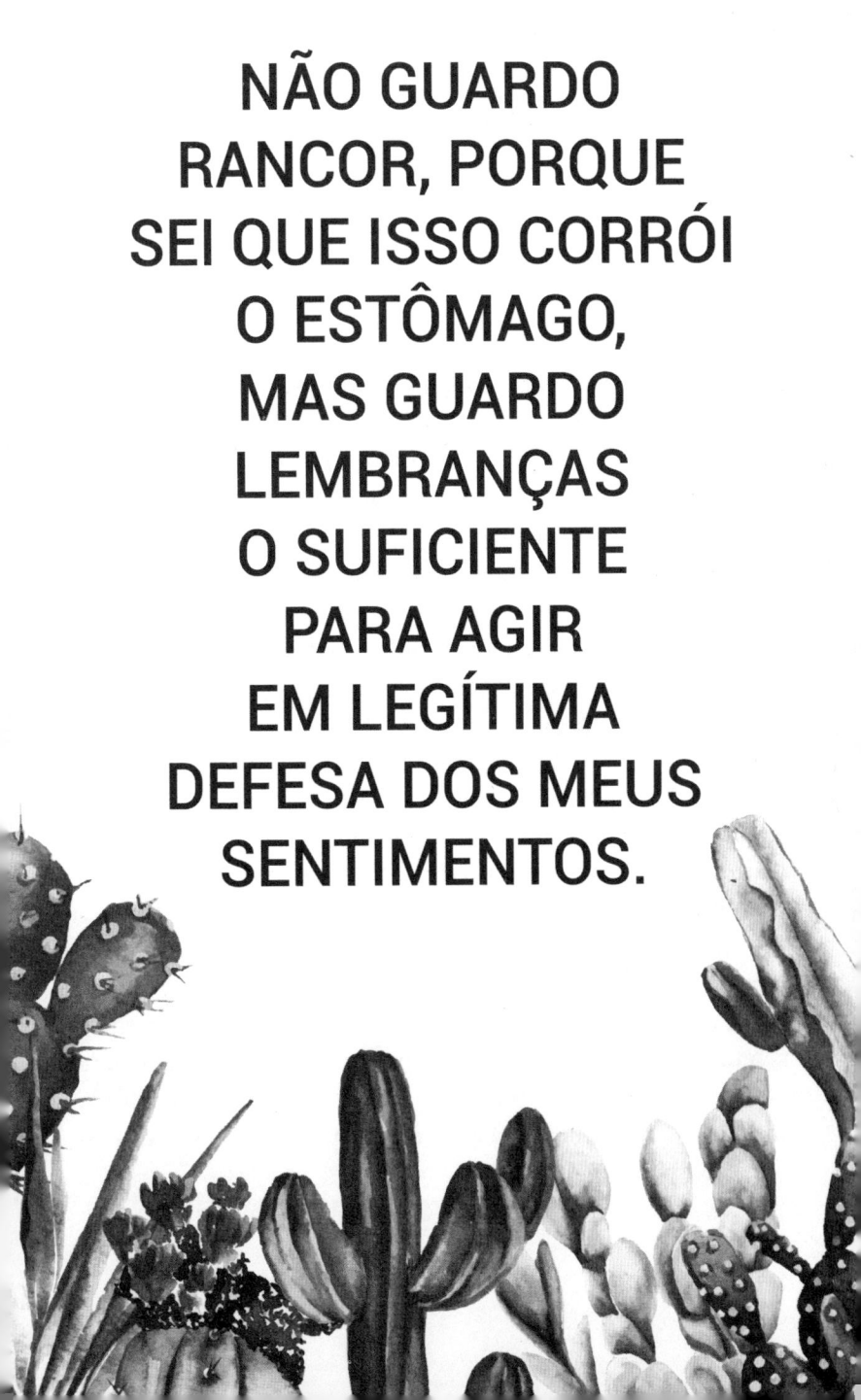

NÃO GUARDO RANCOR, PORQUE SEI QUE ISSO CORRÓI O ESTÔMAGO, MAS GUARDO LEMBRANÇAS O SUFICIENTE PARA AGIR EM LEGÍTIMA DEFESA DOS MEUS SENTIMENTOS.

~~ANDANDO~~ VIVENDO EM CÍRCULOS

Hoje vou dormir com uma vontade enorme de desver todos os filmes que vi e todos os livros que li que tinham finais felizes. Como, sei lá, *Questão de tempo*, em que o Tim consegue viajar para tantos e muitos momentos para encontrar e ficar com o seu amor. Eu só consigo fazer isso em pensamento. Mas, por mais que eu tente criar realidades em minha cabeça, elas não se transformam em vida real. Minha existência está mais parecida com *La La Land*, naquele final em que eles se encontram e refletem como seria a vida se tivessem ficado juntos. Quer dizer, não chegam a refletir. Talvez, essa reflexão seja nossa, minha, como será que eu estaria se estivesse com você?

Queria esquecer essa coisa de dar certo no amor, de ter alguém com quem dividir a vida, os dias. Queria dormir engasgado assim e acordar de barriga cheia. Saciado, sabe? Me bastando. Sem precisar de mais ninguém.

Sigo lutando todos os dias duras batalhas de autoconhecimento, tentando entender mais sobre quem realmente sou, sobre qual é a minha missão no mundo, mas a questão do amor sempre deixa uma pulga atrás da orelha. É tipo uma sombra que não me acompanha por todo lado, mas que, na primeira fração de luz que a vida encandeia, já vem com as mesmas perguntas: "E os namoradinhos, hein?".

Já reparou como o mundo parece feito para os casais? As músicas sempre falam de alguém que está vivendo um amor ou tentando esquecer um. Os livros seguem pelo mesmo caminho. Os filmes, nossa, esses são os piores, porque esfregam na nossa cara as comédias românticas nas quais tudo se arranja no fim. Droga. Eu não quero esperar até o fim. Esperar até lá, na minha cabeça, significa ser tarde demais.

E, sim, já é tarde. Amanhã tenho que acordar e correr atrás dos meus sonhos, correr atrás dos supostos prejuízos. Ando cansado, sabe? Dessa coisa toda de correr. Parece que nada é capaz de me encontrar. Eu é que preciso fazer as honras da casa, ir na direção correta. Confesso que cansei. Não vou mais, não. O amor sabe como me encontrar. Se quiser, ele que venha na minha direção. De nada vai me adiantar o final feliz se depois dali as histórias só continuam na minha imaginação. Eu já vivo isso desde o primeiro "oi". Aí começa o "era uma vez...". E eu me iludo até cair do cavalo outra vez e recomeçar tudo de novo.

"NÃO IMAGINE QUE TE QUERO MAL, APENAS NÃO TE QUERO MAIS"[2]

Uma vez, li em algum lugar que existem dois tipos de pessoas: as terminantes e as terminadas. Sempre fui do segundo grupo. Nunca terminei uma história. Nunca fui embora da vida de ninguém. Confesso que muito por medo de me arrepender. Poderia ter colocado o ponto-final naquele romance, mas então, no fim das contas, a "culpa" maior seria minha. Nunca tive essa coragem. Mas você teve. Você decretou o nosso fim para conhecer o mundo. E conheceu. Desgostou do que viu. Quis voltar.

Confesso que, por dentro, algo sempre me disse que você ainda iria bater na minha porta e dizer que eu ainda fazia o seu coração pulsar. Que era em mim que você pensava antes de dormir ou quando ouvia aquelas músicas de amor. Nunca duvidei disso. Mas também não fiquei esperando. Cada dia longe de você se tornou um dia mais próximo de mim. Fui gastando cada centavo de sentimento por você em lojinhas de amor-próprio.

---

[2] "Assim caminha a humanidade". Intérprete: Lulu Santos. In: *Assim caminha a humanidade*. Rio de Janeiro: BMG, 1994.

No fim, foi perdendo você que me encontrei. Conheci uma versão minha que não teria espaço para crescer ao seu lado. Eu só regava a nossa relação, só tinha olhos para a gente. E fui secando. Murchando. Perdendo pétalas, folhas e desbotando. Quando você arrancou a gente com as raízes e tudo, sobrou mais espaço no terreno para crescerem as minhas. Acho que agora é notória a minha vastidão. O meu vigor. Floresci como nunca antes.

Então, em um dia qualquer de uma semana, tal qual o dia em que você me disse adeus, você me procurou. Você me sondou para saber se ainda cabia você em minha vida. Desculpe, já não há mais espaço para você aqui. Eu me acostumei demais a não ter você para o querer de volta. Fiz o que você me disse para fazer: ressignifiquei a gente. Somos passado. Você mora nas minhas lembranças de outrora, só que já não é capaz de permanecer no meu agora.

Mas, olha, apesar de tudo que um dia pesou em mim, estou leve. Não desejo a você má sorte, nem dor. Eu desejo amor. Muito! Todo o amor que alguém for capaz de oferecer como eu um dia ofereci, mas que não foi suficiente. Eu entendo. Não adianta oferecer uma colher de açúcar para quem quer comer chocolate. São doces, mas diferentes. Não existem ressentimentos. Estou em paz. Espero que você fique também.

EU E O CARA QUE MORA DENTRO DE MIM

A solidão é um sentimento difícil de explicar, terrível de sentir, mas que, inevitavelmente, me acompanha desde sempre. É como se eu morasse em uma gigantesca ilha deserta. Nela cabem todos os meus enormes sentimentos e tem espaço suficiente para cultivar muitas coisas, inclusive relações. E, volta e meia, alguns turistas surgem. Pessoas que estavam passeando de barco, canoa ou nadando em volta, mas que acharam interessantes as formas daquele lugar e foram conferir mais de perto.

A verdade é que, até hoje, ninguém conseguiu me tirar dessa ilha. Muitos se importaram o suficiente com a minha solidão e tentaram, de diversas maneiras, me tirar de lá. Levar-me para o meio de uma civilização completa, porém nunca conseguiram completamente. É que eu meio que travo. Não consigo ir embora dali sem levar tudo que plantei comigo. Não consigo deixar partes minhas para trás e ir só com os sentimentos do corpo. Por isso, o máximo que conseguem é levar pedaços meus embora dali. Mas a minha maior parte sempre fica sozinha.

E, sempre que algum desses turistas interessados começa a pensar em modos de me tirar daquela ilha, eu acabo estragando as coisas. Vou citar uma analogia dentro de outra analogia, mas é o meu jeito de traduzir o que sinto. Enfim. O bichinho de estimação que mais tive na infância foram peixes betta. Aqueles que ficam sozinhos nos aquários e são lindos. Eu acabava matando todos sem querer, pois sabia que eles só poderiam comer três bolinhas de ração por dia, mas sentia que deveria alimentá-los mais. Que eu poderia oferecer além do que eles precisavam e acabava sufocando-os com o meu amor em excesso. Talvez, por isso, eu chame as pessoas de turistas. Elas passam. Chegam e vão embora ou porque cumpriram suas missões, ou porque acabei não sabendo dosar o amor de que elas precisavam.

De qualquer maneira, é uma sensação ambígua ser sozinho. Isso parece ser a melhor coisa do mundo algumas horas, tendo em vista que quase ninguém consegue entender a complexidade da minha cabeça e as viagens que faço mentalmente. Mas, em outros momentos, é terrível. Você só queria alguém para deitar no colo e chorar. Mas precisa se dividir em dois: o que derrama as lágrimas e o que as enxuga.

O amor é um dos sentimentos mais puros e nobres que existem. Que você nunca perca, por mais tombos e tropeços que leve, a sua leveza de amar como uma criança que está descobrindo o mundo pela primeira vez. Que nada no teu passado, presente ou futuro consiga deixar turva a tua visão sobre esse sentimento que é raro, forte e capaz de mudar tudo que, até então, parecia imutável na tua existência.

O universo inteiro é regido por uma coisa chamada Lei da Compensação. Nenhum excesso tende a permanecer. Sendo assim, as tristezas, as dores, após os impactos iniciais, tendem a se dissolver e a trazer novas oportunidades, sejam elas em formato de sorrisos ou de novas vitórias diante das inevitáveis derrotas. Você não precisa acreditar nisso para viver isso. Mas você pode sentir a vida trabalhando a seu favor. Você pode olhar ao seu redor e perceber que toda a sua existência está seguindo um curso. Que esse rio que passa e arrasta você com ele, no fim das contas, irá desaguar num mar inteiro de felicidades.

Sorria e acene. A história acabou. Vamos cada um para um lado do palco. Cada um segue seu rumo na vida. E, diga-se de passagem, os espectadores ainda verão por muito, muito tempo, um correndo do outro e fingindo que não está sentindo saudades, que não está sentindo vontades, mas, sem a menor bondade, exibindo para o mundo outros amores. Pessoas aleatórias. Ninguém que consiga se importar, de fato, com como é que foi o seu dia. Mas, amigo, sorria e acene. Nada além é possível. Cada um fez sua parte. Longe de ti, você sabe, quase ninguém mais ama de verdade. Porém essas são as escolhas que a gente faz. Depois, quase sempre, é tarde demais para voltar atrás. Sorria e acene. Uma hora você não vai mais precisar encenar. O sorriso será tão frequente que, em teu rosto, ele ainda irá querer morar.

EXPECTADOR DAS FELICIDADES ALHEIAS

A gente aprende um monte sobre amor-próprio, sobre reconhecer os próprios limites, necessidades, sobre quem é capaz de oferecer o que a gente acha que precisa e quem a gente sabe com absoluta certeza de que não será capaz, mas, às vezes, tudo o que queremos é nos arrumar bonitinho, colocar dentro de uma caixa, enfeitar com laço e entregar nas mãos de alguém dizendo: "Cuida bem, tá?". Parece que somos tão nossos que precisamos nos dividir com alguém também.

Para ser sincero, acho que estou cansado dessa coisa toda de gostar das pessoas. Sempre me encanto, idealizo tudo e depois a realidade é um tanto quanto decepcionante. E sei que sou muito culpado por viver de imaginação, mas é que essa é a minha maneira de temperar uma vida um tanto quanto sem sal, ou pior, temperar relações meio mornas, entende? É o meu jeitinho romântico. Mas... Confesso que estou cansado. Que está difícil segurar as pontas e acreditar no amor. Quer dizer, nele eu até acredito, difícil mesmo está sendo encontrar alguém que acredite na mesma proporção que eu.

Parece que todo mundo está muito ocupado se tornando quem sonha ser ou conhecendo alguém muito mais interessante do que eu. Parece que me coube, nessa vida, ser expectador das felicidades alheias. Parece tanta coisa que, se paro para pensar, de verdade, parece que ninguém está querendo construir nada para morar. Estamos todos de passagem. Estamos alugando quartos por temporadas nos corações alheios. É só por uma noite, um fim de semana, uma semana, ou então, no máximo, um mês. Depois há sempre outro destino à vista.

Cansei de conhecer pessoas novas. De mostrar quem sou, de falar sobre o meu amor pela Amy Winehouse e como eu gosto do jeito acolhedor do meu povo lá da Bahia, de aprender sobre os gostos e preferências alheios e, depois, dar descarga em todas essas informações que se tornaram inúteis porque alguém novo está ouvindo as mesmas coisas da mesma pessoa que me disse. E eu, ah, eu estou aqui, deitado no tapete da sala, culpando a gripe por me deixar carente e pensando que, talvez, a mim só coube ser expectador do amor nesta vida.

CANSEI DE SER COADJUVANTE

Desde que escrevi a última palavra do meu último livro, resolvi parar um pouco para ler as páginas escritas por outro alguém. Encerrei aquele assunto e decidi me concentrar em um novo. E confesso: fiz isso com muitos alguéns. Li livros de todos os tipos, mas parece que a maioria dos escritores não está escrevendo as histórias até o fim. Eles mudam de enredo no decorrer dos capítulos e, depois, ficam apenas buscando personagens parecidos para tentar encaixar nas linhas que gostariam de escrever. Desculpa. Eu não estou falando de literatura, era uma metáfora sobre relacionamentos.

    A verdade é que quase achei que estava difícil acreditar no amor, mas não está. Está difícil acreditar nas pessoas. Está difícil construir algo sólido com a maioria delas. Às vezes, não é que elas não querem, mas querem com muitas pessoas. Acho que é um tipo de tentativa para ver qual lar se torna mais acolhedor e, assim, podem escolher com mais certeza. Ou, pior... Sempre existe uma grama mais verde. E aí, eles saem à procura desse mesmo tom para encaixar nos seus jardins. Nem sempre acham. Então, eles tocam a campainha aqui de casa outra vez.

    Achei que podia dar aula de amor-próprio. Mas o meu cérebro sabe enganar direitinho o meu coração. Quando percebe que o parceiro já decorou as respostas da prova, ele muda as perguntas. E eu, bom, no meio dessa disputa entre razão e emoção, acabo cedendo, sedento por amor, por atenção, por alguém que queira mais do que só uma noite de prazer... E acabo me perdendo. Até cair, ralar os joelhos e olhar para mim mesmo outra vez.

    Caí demais nos últimos dias. Era como se estivesse bêbado e cambaleante. Como se não tivesse controle sobre os meus pés, mas soubesse aonde queria chegar. A realidade é o oposto. Tenho controle sobre meus passos, mas não sei aonde eles irão me levar. Só sei mesmo que não quero repetir os últimos caminhos. Quero autores com enredos interessantes que consigam me prender do primeiro ao último capítulo. Mas, calma, ainda sou romântico demais. A gente não precisa pensar, agora, no fim das histórias. Eu só cansei de ser coadjuvante. Se não for para ser protagonista, não me escala para porra nenhuma.

O TERCEIRO LADO DA MOEDA

No começo, a gente agradece pela dor no peito ter passado. Parece que sai um peso. Como se a gente voltasse a caber dentro da gente, do mundo, como se agora fosse possível respirar fundo sem aquela falta de ar, que não era asma, bronquite, mas que não deixava todo o oxigênio preencher todo o pulmão. A gente agradece. Muito. Mesmo sem saber como aquilo tudo passou. Ou como passou por aquilo tudo.

    Superar um amor é quase isso tudo, só que vezes dez. Aquela dor que antes era física, quase que palpável, mas dissolveu-se. Tipo quando o relaxante muscular cai na corrente sanguínea e a dor na coluna começa a ir embora. Ou a enxaqueca. O alívio é muito parecido. Mas só quem já passou por isso consegue imaginar direitinho o que eu estou falando. Os outros, ah, eles são sortudos demais para entender. No máximo, chegarão quase lá, com um esforço enorme de empatia.

    Mas... O problema é quando a gente fica viciado no amor, tal qual viciado numa droga pesada. Você sabe tudo que aquilo te causa, mas ainda é dependente. E, vez ou outra, vem a abstinência. É aí que mora o perigo. Porque ela traz junto a carência e outros demônios sedutores. Só muita fé, resistência ou sorte para fazer tudo isso silenciar. Para fazer aquele mar agitado acalmar.

Eu já estive dos três lados dessa moeda. Do amando. Do sofrendo. E daquele que é muito menos espesso, que divide a cara da coroa, que é quase que o corpo que define isso tudo – o não sentindo nada. Dizem que é o mais confortável, talvez, por isso, o menos encorpado. Mas ele não é menos dolorido... Acreditem. O amor, por vezes, dói. Mesmo que não devesse. Os términos, quase todos eles, nos fazem sangrar, mas os vazios... Aquele momento em que nada te sacode... Angustiante.

Juro, parece o paraíso. Até você viver. É como sentir que chegou no céu, mas que lá tem absolutamente tudo aquilo que te faltava e você começa a sentir falta da própria falta. De ter um "você" para as músicas românticas, um "você" para o "bom dia" ou um "dorme com Deus", um "você" para sentir o calor do corpo ocupando a cama em outra noite fria.

Aparentemente, o mundo não foi feito para os solteiros de coração vazio. Aqueles que não sentem nada. Não mais. Que se cansaram de se doer, de se doar e estão naquele limbo da inércia que não é vencido por outra paixão ou derrotado por uma nova decepção. Eu sei... Quando estamos de um dos dois lados da moeda, esse meio-termo parece o paraíso, mas, agora, me sinto dormente. Eu só queria sentir. Sentir muito. Me transbordar. Mas não sei o que mundo fez comigo. Ou o que eu me permiti me tornar.

Sou o tipo de gente que adia despedidas ao máximo. Que, por não querer sentir as lágrimas ou derramar algumas, prefere ficar. Ao mesmo tempo, sou o tipo de gente que, quando decide que precisa partir, sequer arruma as malas. Vai embora com a roupa do corpo.

APESAR DE NÃO SER CARNAVAL, AS PESSOAS, PELAS RUAS, ESTÃO TODAS SEGUINDO O TRIO ELÉTRICO DA FELICIDADE. E, QUANDO SE ESTÁ EM MEIO À MULTIDÃO, MESMO QUE VOCÊ QUEIRA, É IMPOSSÍVEL FICAR PARADO. ENTÃO, VOCÊ SÓ SEGUE. OU É LEVADO, MESMO SEM SABER PARA ONDE. AO PASSO QUE TORCE PARA QUE QUALQUER CHEGADA SEJA NUM BOM LUGAR.

O SORRISO DE UM APAIXONADO É SENTIDO MUITO ANTES DO ABRIR DOS DENTES. TODO CORAÇÃO FELIZ GRITA MESMO SEM DIZER UMA SÓ PALAVRA.

Eu poderia listar um milhão de defeitos, de erros, de motivos pelos quais nós não deveríamos ficar juntos. Poderia soletrar em ordem alfabética tudo isso. Mas... Aí chega o amor e embaralha todas as cartas de volta. E, humanamente, fica impossível achar uma que não tenha um coração vermelho estampado com as letras do teu nome.

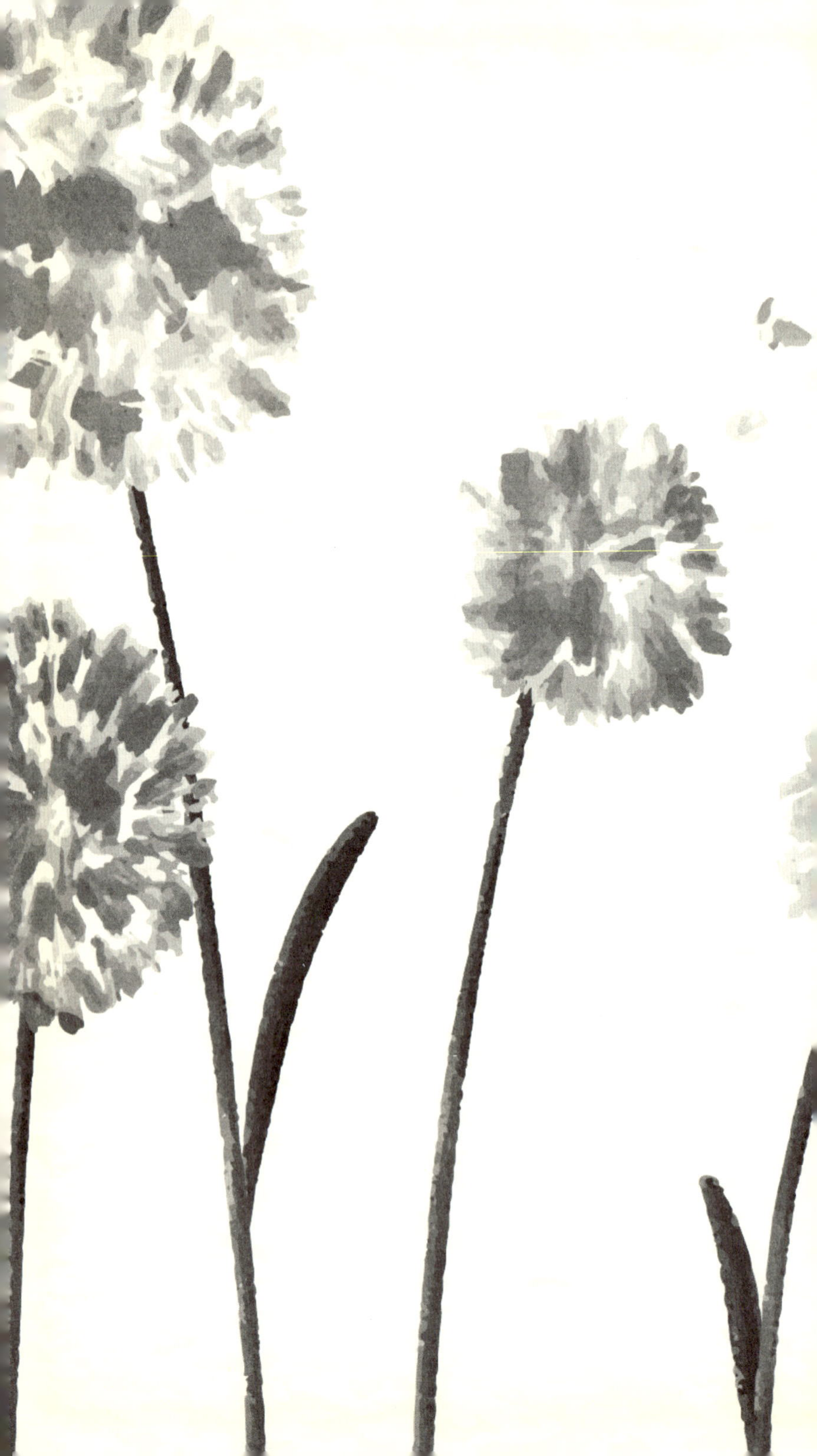

EI, PSIU!
QUANTO MAIS VOCÊ LUTA
CONTRA OS SEUS SENTIMENTOS,
MAIS FORTES ELES FICAM.
A FORMA MAIS RÁPIDA DE
ESQUECER UM AMOR É
RECONHECENDO QUE ELE EXISTE.
ACEITE QUE NEM SEMPRE HAVERÁ
RECIPROCIDADE, MAS SEJA
GRATO POR TER UM PEITO QUE SE
PERMITE AMAR. EM UM MUNDO
TÃO EGOÍSTA, VOCÊ NÃO SE DEIXA
ANESTESIAR PELO DESAPEGO.
AMAR É SOBRE QUANTO VOCÊ
ACEITA SER VELA. QUE QUEIMA
E ENCANDEIA ATÉ A ÚLTIMA
LÁGRIMA. DEPOIS APAGA. ESSA
CHAMA APAGA.
O AMOR ACABA. E VOCÊ SEGUE
EM FRENTE. NESSE MOMENTO,
TODO O RESTO SERÁ PASSADO.
SERÃO MEMÓRIAS.

INTENSO DEMAIS PARA DESISTIR DE TENTAR SER

E logo eu, que sempre disse que via muita graça na conquista, estou me cansando das tentativas. É que, veja bem, todos dizemos com todas as letras que odiamos joguinhos. Que somos inteiros, intensos, que gostamos de partir para cima, mas o que tenho observado, no fim das contas, é que gostamos do desprezo. O que aconteceu com a gente? Quando foi que nos tornamos assim?

Se existe alguém correndo atrás da gente, cansamos da pessoa. Queremos uma segunda. Uma outra. Qualquer uma, menos aquela. É um eterno "João que amava Teresa que amava Raimundo que amava Maria que amava Joaquim que amava Lili que não amava ninguém".[3] E reclamamos da solidão. Do abandono. Da carência. Mas como suprir qualquer coisa se nos acostumamos a gostar justamente da falta?

Não sei, me parece que nos frustramos muito nas entregas. Doamos nosso coração para as pessoas e elas brincam com ele. Agora, a gente fica testando até onde a pessoa é capaz de ir para nos ter e, quando percebemos, enjoamos. Queremos uma nova

---

[3] ANDRADE, C. D. Quadrilha. *In*.: ANDRADE, C. D. *Alguma poesia*. Belo Horizonte: Edições Pindorama, 1930.

pessoa. Porque, no fim, nós não queremos aquele alguém. Nós só queremos a sensação de que somos desejados. Queremos mesmo é idealizar alguém que nunca vai existir e se divertir com as pessoas "erradas" enquanto essa perfeição não é encontrada, alcançada. Que luta perdida.

É por isso que existe sempre uma vontade gigante de voltar para a última grande história de amor que deu certo. Lá, no passado, nada mudou. Nós não éramos tão machucados assim. Nos doamos e não doemos no todo, só no fim, então parece que aquilo se tornou o nosso padrão para gostar. Esquecemos que mudamos, que evoluímos e que crescemos. Esquecemos que aquela história não daria certo hoje e também, no passo em que estamos, não conseguimos fazer nenhuma outra vingar.

A arte do desprezo é cansativa. É um misto de estar muito interessado, mas fingir que não está tanto assim, para o outro ficar implorando para que o queiramos e então, finalmente, engatemos, pelo menos, um beijo. Comigo não. Não mais, melhor dizendo. Eu cansei. Se a minha entrega e intensidade forem afastar alguém, eu espero que esse alguém saiba correr bem rápido. Porque eu realmente quero distância.

ESCOLHO ESTAR EM PAZ

Se alguém me dissesse exatamente o que direi a seguir eu não acreditaria, então, não cobro que creia em mim, mas peço que, pelo menos, me ouça. A minha mais recente descoberta foi: sou um ser humano. Pode parecer óbvio para a maioria esmagadora das pessoas, mas era algo não racionalizado por mim até agora.

Sempre fui do tipo que se esforça muito para ver e deixar os outros felizes. Já perdi a conta de quantas vezes estiquei os meus limites, fiz das tripas coração e coloquei os meus sentimentos no bolso porque outra pessoa precisava de mim. Mas, neste instante, está insustentável continuar tentando atingir a perfeição. Eu já não sei mais como ser o melhor amigo, o melhor futuro namorado, o melhor filho. Eu já não sei mais como me deixar para depois, fingir que "não doeu ou que doeu, mas eu aguento". Eu não aguento. Não mais.

Acho que cheguei em um momento da vida em que ou me coloco como prioridade, ou sufoco. Ou me entalo com as lágrimas que derramo quase todos os dias, sozinho, no escuro do quarto. E tudo tem se tornado físico, além de emocional. Tenho tido, por exemplo, diversas dores nas costas. É como se eu estivesse caminhando pelos cômodos da casa carregando o peso do mundo, já que não é confortável sair. Talvez, não o peso em sua totalidade, mas da maioria dos mundos que me cercam.

Parece óbvio que eu seja um ser humano. Eu sei. Mas sempre me vi como um super-homem. Daqueles que dão conta de tudo para salvar os dias. Por um tempo, confesso, posso não ter alcançado essa salvação para os que me cercam, porém, de uma maneira ou de outra, atenuei o que pesava. Só que agora, neste segundo corrente, não consigo mais. Não consigo me sentir responsável pelas decepções, frustrações e problemas alheios. Eu posso ajudar, sigo com um colo e um ombro disponíveis, mas a minha empatia e o meu acolhimento devem ser o suficiente. E, caso não sejam, antecipo um pedido de perdão. Eu já não quero mais ser perfeito.

Eu preciso escolher entre estar em paz e agradar aos outros.

**SOMOS
COMO
DUAS
SOMBRAS
QUE DIVIDEM
O MESMO
SOL PARA
SE ESCONDER.**

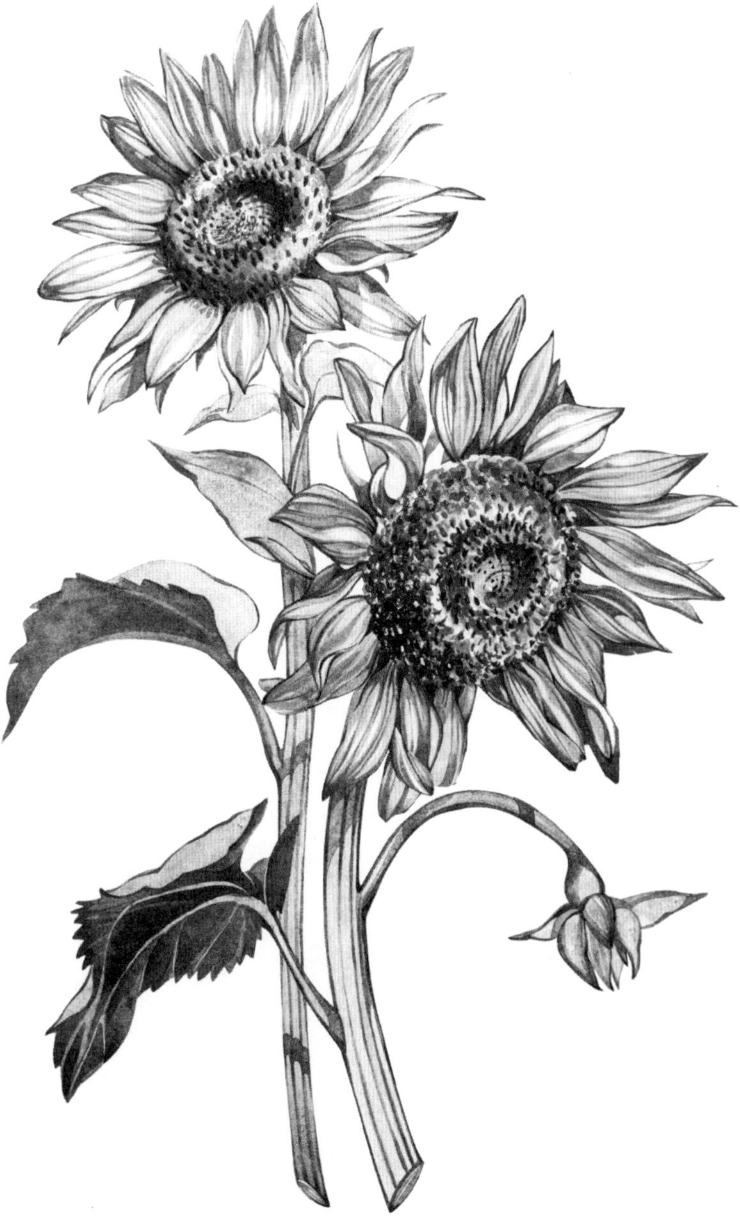

SABE, QUANTO MAIS A GENTE PEDE PARA ESQUECER, MAIS SE LEMBRA. DEIXA FLUIR, DEIXA AS COISAS VOLTAREM PARA OS SEUS LUGARES POR VONTADE PRÓPRIA. NÃO SE AMA QUEM SE QUER E NÃO SE ESQUECE DE QUEM NÃO SE PODE TER, COMO PASSE DE MÁGICA. A VIDA É ASSIM.

É PRECISO ABRIR MÃO DA MAIORIA PARA CONSEGUIR AGARRAR AS MÃOS DE UNS POUCOS

Andei pensando que a minha intensidade afasta as pessoas. Que o fato de a minha entrega ser maior que o senso comum, a minha dedicação ser dificilmente encontrada e eu estar quase sempre disposto a embarcar numa aventura parece pouco divertido quando isso se torna rotina. Ainda não aprendi a sumir para fazer falta. A fingir que não quero e ir dormir morrendo de vontade. A passar uma imagem de que, ops, eu nem reparei nisso. Quando, na verdade, eu já decorei cada detalhe.

Por falar em detalhes, eles são muito importantes para mim. Talvez, até mais que o todo da coisa. Ou a totalidade dos sentimentos. Eu reparo nos gestos. Em como as mãos se comportam. Se os braços estão cruzados. Se as pernas estão inquietas. Se existe olho no olho. Na maioria das vezes, são nessas vírgulas que as pessoas entregam todo o texto.

Fui me tornando perito em detalhe depois de ser surpreendido pelos finais. Eu quase nunca tive tempo de fugir das pancadas emocionais. Quase nunca não, eu nunca tive tempo. Por isso, fui me especializando em prever sinais. Em perceber quando o barco está afundando. Em quando não vai mais adiantar remar e é melhor encontrar um colete salva-vidas ou uma boia para não me afogar naqueles sentimentos.

A vida me fez assim – um viciado em criar álibis. Em me sentir culpado. Em achar que o defeito ou o erro eram meus. E eu fui aceitando isso silenciosamente, como se fosse a única coisa que eu pudesse fazer – me forçar a estar sempre certo ou, pelo menos, o mais próximo disso possível. A tentar moldar tudo que eu sou para ser tudo de que o outro precisa. A me adaptar às mais diferentes situações para não causar desconforto nos outros.

Percebi, assim, que conquistei muita gente, mas que eles não me conheciam de verdade. Que eu já não me conhecia de verdade. Entendi, então, que era hora de parar com isso. Que eu perderia muita gente, mas que só ficaria comigo quem me conhecesse de verdade. Que eu precisava me reconhecer. E que o preço que isso custasse, valeria a pena.

ME DISSERAM QUE QUANTO MENOS VOCÊ TENTA CONTROLAR A VIDA, MAIS E MELHOR ELA FLUI. ENTÃO, MESMO SEM SABER DIREITO O QUE ESPERAR, TENHO SOLTADO, AOS POUCOS, AS RÉDEAS.

O MEDO DE VER TUDO DESANDAR EXISTE, MAS A VONTADE DE EXPERIMENTAR ALGO NOVO É MAIOR.

EU TAMBÉM POSSO NÃO QUERER

Uma das coisas mais importantes que aprendi na vida, desculpe a redundância, foi a minha vontade própria de não querer as coisas.

Durante muito tempo, achei que, se o meu coração acelerasse um bocadinho, aquilo já era motivo suficiente para deixar o coitado na mão de qualquer pessoa que pudesse fazer o que bem entendesse com ele. Quase sempre usar como bola de futebol. Brincar de tiro ao alvo.

Custou muito para que eu aprendesse que também tenho vontades. Que também posso não querer, não sentir, não estar a fim, não estar disponível, não estar com vontade. Eu também posso, sei lá, não gostar de volta.

Acho que mais importante do que amar alguém é curtir a própria companhia. Não estou falando que um filme de sessão da tarde, agarradinho, não seja legal. Mas é que de uns tempos para cá, percebi que ver filme agarradinho com o travesseiro facilita muito mais meu entendimento. Não tem alguém que, de repente, roube minha atenção na cena mais importante.

Hoje, todo mundo anda muito carente, e esse é o fator crucial para relacionamentos frustrados. Carências que se unem com o simples interesse de cometer suicídio e dar lugar a um carinho *fake* de ambas as partes.

Passei a não entender bem os amores de uma vida toda que começam do dia para a noite. Entendo que o sentimento nasça de uma vontade descabida, desconhecida, de uma rapidez estonteante, mas relacionamentos são como castelos de cartas: precisam ser feitos peça a peça. Se for rápido demais, a construção cai. Desaba. Daí, é como se nunca houvesse existido.

Uma vez, me disseram que as palavras mais lindas que alguém com um ego elevado, ou talvez com um enorme amor-próprio, pode dizer é: "egoíste-se!". Aquilo foi tão perturbador quanto uma bomba atômica. A gente sempre vai se machucando, tentando poupar alguém que não pensa em poupar a gente de volta.

Uma das coisas mais importantes que aprendi na vida, desculpe a redundância, foi a minha vontade própria de não querer as coisas. E o mais importante: isso não é ridículo. É, pelo contrário, uma das lições mais incríveis que alguém pode ensinar a você. E a gente está aqui para aprender, não é mesmo?

A vida é feita de ciclos. Então, é natural que alguns terminem para que outros comecem. Eu sei, a gente sempre se machuca um pouco com os fins, ninguém está preparado para cair, mas, olha, juro, por experiência própria, que uma hora você se levanta. E não apenas fica em pé novamente como também se torna ainda mais forte. Crescer dói. Mas amadurecer é necessário. Só não encare as coisas como se elas não fossem passar. Elas passam. A gente faz isso acontecer. E um dia, quando você menos espera, está sorrindo outra vez. Está feliz de novo. Uma felicidade tão pura, sincera e honesta, que você não tem sequer coragem de falar sobre ela, por medo de estragar, quebrar ou acabar.

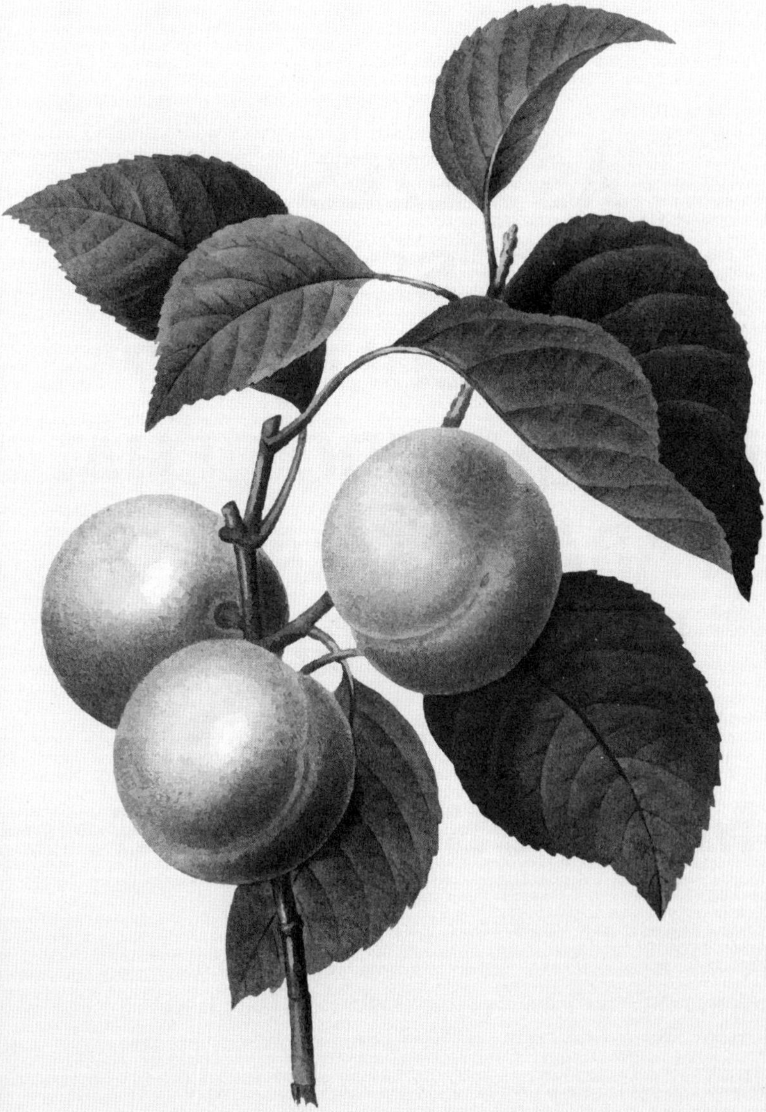

ÀS VEZES, A GENTE SE SENTE MINÚSCULO, NÉ? MAS QUANDO OLHA PARA O CORAÇÃO PERCEBE QUE – BEM ALI – CABEM MUNDOS INTEIROS.

A VIDA É ENGRAÇADA, NÃO É? ELA FAZ A GENTE CONHECER POR ACASO UMAS PESSOAS QUE SERÃO EXTREMAMENTE IMPORTANTES E FUNDAMENTAIS PARA A NOSSA CAMINHADA LÁ NA FRENTE. A GENTE NÃO PERCEBE, MAS DEUS ESCREVE MUITO CERTO POR LINHAS MAIS CERTAS AINDA. OS ERRANTES SOMOS NÓS.

EU QUERIA MESMO ERA QUERER EM PAZ

Quando você se olha no espelho, o que você vê? Sendo honesto, só consigo ver uma pessoa incompleta. Estou resvalando sempre entre 45% e 65%. Passeando, em boa parte do tempo, pelos 50%. Dificilmente me sinto completo ou inteiro, mas facilmente consigo listar motivos para despencar nas casas decimais, nas porcentagens, na vida. E, honestamente falando, é indigesto olhar para si e não se sentir grande. Não se sentir imenso. Mesmo sabendo que o seu coração abriga galáxias inteiras.

Confesso que foi assim a vida inteira. Acho que nasci ou me tornei meio morno, sabe? Aquela água que não é capaz de queimar você, mas também não o deixa com frio. Aquela água que consegue cozinhar alimentos, mas demora. Aquela água que tem jeito de chá. O pior é que nem gosto tanto assim de chá, mesmo sabendo o bem que pode me fazer. Ou será que deveria passar a gostar? De ser morno, no caso, não da bebida.

Acho que o que falta em mim, de verdade, é reaprender sobre os meus padrões. Fui bombardeado, durante a vida inteira, com níveis altos demais de exigências. Para me sentir feliz, preciso estar com o corpo inteiro formigando de excitação. Para me sentir apaixonado, preciso estar com o corpo inteiro formigando de excitação. Para me sentir vitorioso, preciso estar com o corpo inteiro formigando de excitação. E se as coisas significantes não vierem acompanhadas de formigamento? Será que não serão tão bonitas assim?

    Queria mesmo era querer em paz. Um querer que não precisasse mudar completamente quem eu sou. Um querer que abre a janela assim que o dia começa só para agradecer a oportunidade de ter mais um dia para viver, não um despertar com um alarme seguido de uma agenda com tantas tarefas que preciso achar um espacinho para me lembrar de respirar, para não endoidecer. É, acho que esse último item é meio impossível. Sou adulto o suficiente para saber disso. Mas, ainda assim, quero me aceitar mais. E, se realmente eu for mediano, quero ser um mediano extremamente bom. Ou preciso mesmo é desaprender a querer ser o melhor em tudo. Por que a gente exige tanto de si?

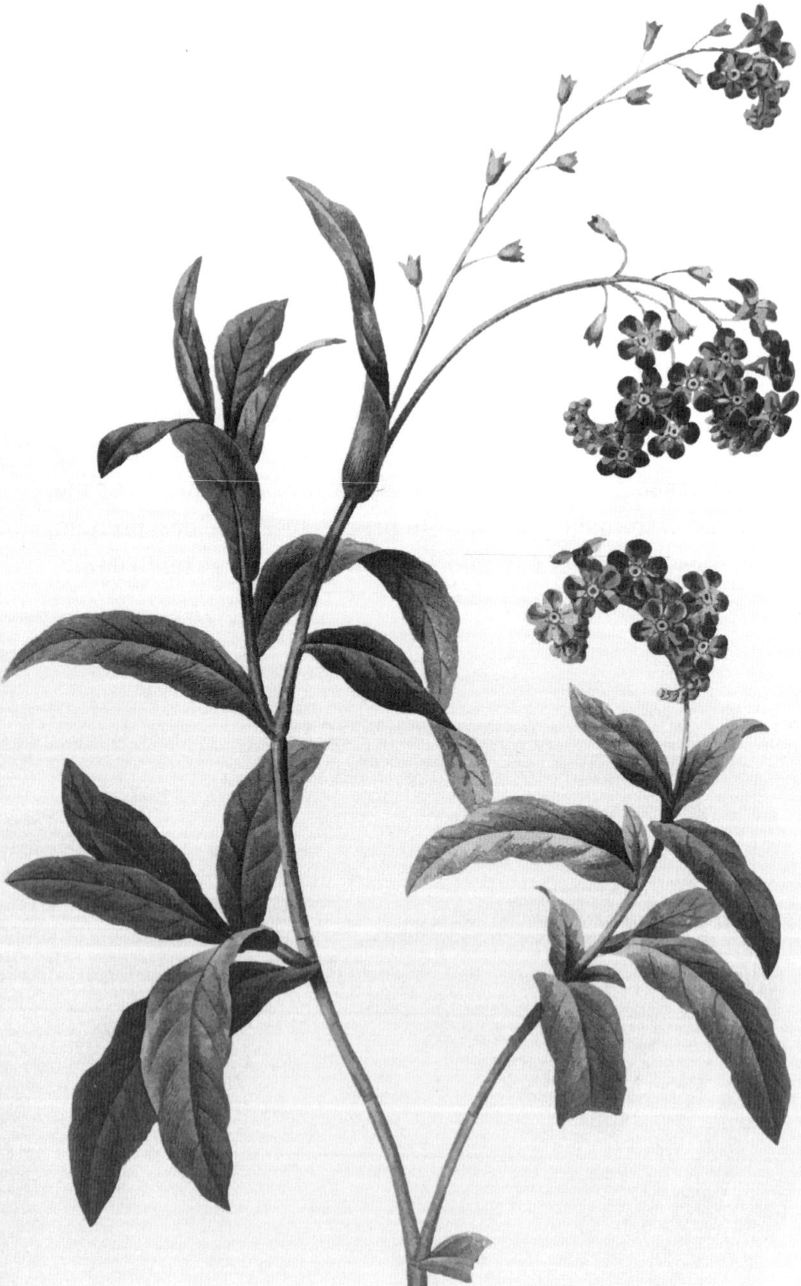

QUERIA SENTAR-ME PARA CONVERSAR COM O MEU "EU" DE UM ANO ATRÁS. SE EU DISSESSE ALGUMAS COISAS PARA ELE, COM CERTEZA FICARIA MAIS CALMO. BICHINHO... SOFREU À TOA. QUER DIZER, ELE SOFREU PARA QUE O MEU EU DE HOJE FOSSE MAIS MADURO. MAS QUERIA POUPÁ-LO DE ALGUMAS DORES.

Os amigos são como barquinhos com remos.

Eles sempre o levarão ao lugar onde precisa estar. No tempo e da maneira deles.

Mas é preciso remar. É preciso esforço. Se você o atira na água e fica esperando que ele faça todo o trabalho, ele irá para onde as ondas e o vento quiserem. Inclusive para as pedras.

Por outro lado, se a remada for em conjunto, existe um oceano inteiro de felicidades para admirar. Mesmo que exista uma ou outra onda mais forte e que faça o barquinho chacoalhar.

Ei, não pensa que eu nunca quis. Eu quis, muito. Por muito tempo. Agora, só não quero mais. As coisas mudam. As pessoas mudam. Os sentimentos mudam. E eu mudei. A gente mudou. O meu amor por você se transformou. Mas ele ainda existe. Em um lugar muito bonito do meu coração. No para sempre que se fez eterno na história da minha vida. Inclusive, muito obrigado por tudo isso. Sempre me lembrarei com afeto de você.

ESTOU ME CURANDO

Andei dizendo por aí que nunca mais me apaixonei. Que a última vez foi há mais de dois anos, quando o último amor me deixou. Menti. Ou melhor, omiti de mim e do mundo uma informação importante que só agora ficou clara: me apaixonei perdidamente por mim. Por quem eu sou. Por tudo aquilo que carrego no peito. Por todas as marcas visíveis em minha pele. Pelas cicatrizes que ninguém sabe que existem, mas estão nas linhas tortas da minha história.

Desde a última vez que fui par, aprendi, como nunca antes na vida, a ser singular. Nas mais diversas possibilidades de tradução dessa palavra. Aprendi a ser sozinho, mesmo rodeado. Quer dizer, tenho aprendido. Ou, pelo menos, tentado. Mas tentado de verdade. Com unhas e dentes e algumas lágrimas que encharcam o meu travesseiro.

Andei dizendo por aí, também, que queria logo me apaixonar de novo. Que queria muito namorar de novo. Que queria ser par de novo. Acho que ainda quero, mas menos do que achava que queria. É que eu via o amor como o maior tapa-buracos que poderia encontrar. Tentei preencher com outro alguém um vazio que só pode ser entupido com mais de mim.

E olha, eu tentei, viu? Muito. Tentei demais encontrar o alguém "ideal". E ele não estava nos corpos que toquei, nem nas bocas que beijei, nem nas palavras que ouvi e disse. Não estava nos cafés, restaurantes, peças de teatro, shows, nos mais diversos encontros e desencontros que tive, exceto no espaço em que me encontro comigo mesmo. A vida é esperta demais. E acho isso lindo. Ela sempre me mostrava que ainda não era aquele alguém. Eu esperneava, dizia que era, que tinha tudo para ser. Mas era carência, era vontade de ter. No fim, por dentro, lá no fundo, eu sabia que não era.

Neste segundo, a ficha caiu. Nenhuma tentativa deu certo porque não era para ter dado. Costumo me perder nisso de querer agradar, de ser o que o outro procura, nessa coisa de me doar demais e vou me deixando para depois. Um depois que nunca chega. Agora, pela primeira vez em tempos, estou conseguindo me ter como prioridade. Ainda é estranho. Ainda me sinto egoísta. Mas aprendi que egoísmo, na dose certa, é remédio. Estou me curando. Estou me amando. Depois aparece alguém.

FAÇA AQUILO QUE GOSTARIA QUE FIZESSEM COM VOCÊ

Você acredita em vampiros? Achei que tinha parado com isso na época de *Crepúsculo*, mas recentemente comecei a perceber que alguns me rondavam e me assustei. Brincadeiras à parte, é óbvio que eles não sugam o nosso sangue (eu acho), mas muitos sugam as nossas energias. Talvez isso seja até um pouco pior. É que é extremamente desgastante se sentir usado por alguém. Confesso que acho essa uma das piores sensações do mundo.

Algumas pessoas não gostam da gente. Elas gostam de como a gente as faz se sentirem. Elas gostam da atenção, do carinho, da disponibilidade, do interesse e dos elogios. Usam o que oferecemos de bom para saciarem a baixa autoestima, a carência e uma infinidade de outros sentimentos, e nós deixamos porque estamos envolvidos emocionalmente com elas. Nos colocam em suas geladeiras sentimentais e, vez ou outra, quando percebem que estamos congelando, nos tiram de lá, nos dão leves abraços de reciprocidade e, em seguida, congelamento outra vez.

Comecei, silenciosamente, a me afastar desses vampiros emocionais. E digo que estou fazendo isso de maneira silenciosa porque não quero que percebam. Talvez os abraços de reciprocidade se tornem mais fortes e eu não tenha força emocional para perceber, pois estou envolvido nos seus sorrisos bonitos, nas letras de música que me enviam, nos beijos que combinam, nos encontros que geralmente não passam do primeiro. Também sou vítima da carência, quer dizer, todo mundo é. O problema é o que a gente escolhe fazer com ela.

Como não sou perfeito e também erro, comecei a me policiar para não cometer com os outros os mesmos erros que listo aqui. Entendo que aqueles momentos em que só queria ter alguém para dividir a vida não precisam estar acompanhados de mensagens aleatórias para outras pessoas, nem de convites desesperados para sair, nem da minha rendição aos encantos de qualquer um. A carência é minha e, portanto, preciso lidar com ela. Não acho justo brincar com ninguém por isso. Não acho justo usar alguém para tapar os meus buracos. E minha mãe me ensinou a não fazer com os outros o que não gostaria que fizessem comigo. Por isso, não quero sugar ninguém e também não tolero mais vampiros ao meu lado.

SEU CHEIRO PASSOU POR MIM

Uma vez, li em um dos meus livros favoritos, que "quem dominasse os odores dominaria o coração das pessoas".[4] Dominaram o meu diversas vezes pelo olfato. A verdade é que a minha memória consegue registrar e ligar os aromas às pessoas, de uma maneira que a conexão se torna tão forte, mas tão forte, que ao sentir um, lembro do outro. E o vento, um outro alguém, uma multidão, tudo é capaz de trazer à lembrança um perfume. E me trouxeram o seu. Que merda.

Eu queria que criassem uma lei que obrigasse todo mundo a ter um cheiro próprio, usando o mesmo perfume para o resto da vida. Poderia ser criado ao nascer. Algo como: "Este é o seu cheiro de hoje em diante". Eu sei. É loucura. Mas o que eu posso fazer se, volta e meia, alguém que eu beijo tem o mesmo gosto que o seu para se perfumar e o beijo acaba me lembrando qualquer um dos nossos? Não escolhi esse talento excêntrico pelo registro dos cheiros. Na verdade, nem chamaria de talento, é castigo.

Ou pior, o castigo foi ter gostado de você, guardado seu cheiro, decorado cada pedaço do seu corpo, cada mania, cada gosto,

---

[4] SÜSKIND, P. *O perfume:* A história de um assassino. 1 ed. Rio de Janeiro: Grupo Editorial Record, 2008.

cada entonação para as sílabas e depois ter tido que observar você indo embora, sem levar consigo na bagagem todas essas informações e memórias que ficaram comigo. Outra lei que poderia ser criada é para que todos que resolvessem ir embora carregassem consigo para longe as memórias e o amor do outro. De hoje em diante tudo o que sinto por você é seu. Se vai embora, você que lute com isso. Eu sei, é loucura. Levar essas memórias embora seria o mesmo que levar parte de nós mesmos para longe, e precisamos de todas elas para nos sentirmos inteiros.

A verdade é que enlouqueci por alguns segundos sentindo o seu cheiro, lembrando do seu beijo, mas outra janela da memória também se abriu: a gente não funciona bem juntos. Você não me fazia tão bem quanto eu achava. O seu perfume era maravilhoso, mas o rastro que você deixou quando foi embora custou até ser ressignificado. Já não sou mais aquele romântico incurável que olha para trás e se lembra só do que foi bom. A gente precisa também ter uma boa memória para os fedores. São eles que nos fazem perceber quando, ao sentir determinado cheiro, ele é agradável ou não, quando é melhor respirar pela boca, ou suspender a gola da camisa e usar de máscara.

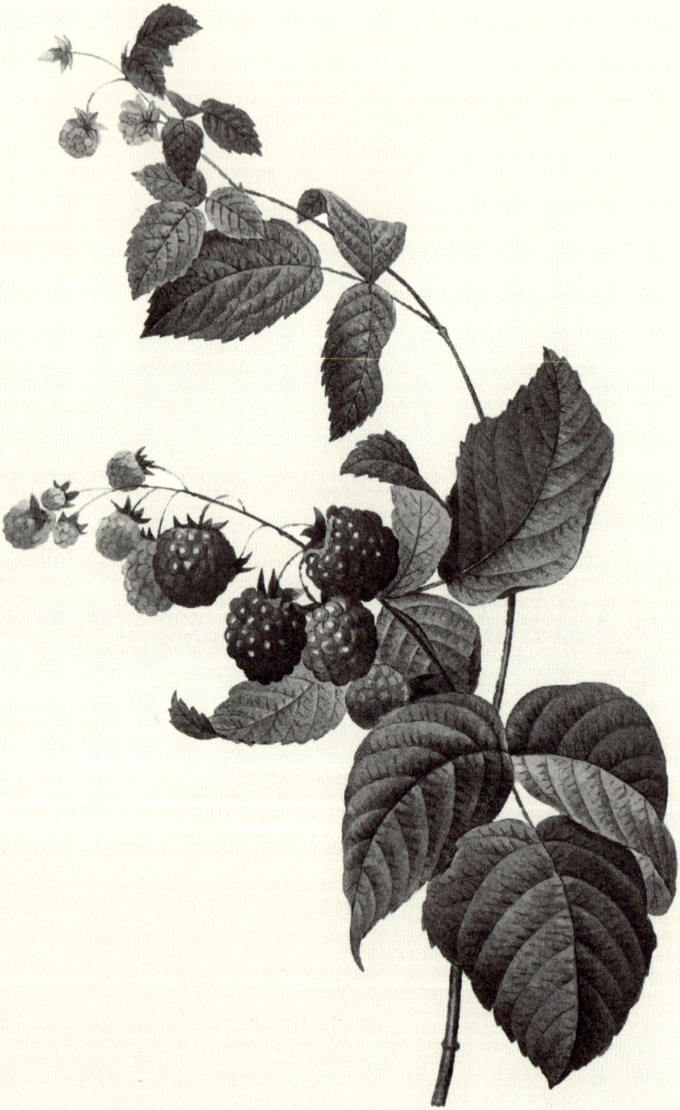

NINGUÉM PLANTA UMA SEMENTE, REGA E FICA ESPERANDO QUE DALI NÃO NASÇA NADA. SE VOCÊ CULTIVA SENTIMENTOS NO PEITO DO OUTRO, TAMBÉM É RESPONSÁVEL PELAS EXPECTATIVAS QUE ELE CRIA. VOCÊ TAMBÉM É RESPONSÁVEL AFETIVAMENTE PELO QUE VIRAR AFETO.

ÀS VEZES, A GENTE NÃO SE PERMITE VER BELEZA EM CERTOS ACONTECIMENTOS PORQUE INSISTE EM COMPARÁ-LOS COM OUTROS MOMENTOS E, HONESTAMENTE, NÃO DÁ PARA COMPARAR SENTIMENTOS. **NADA NUNCA VAI SE REPETIR.** TAMBÉM NÃO SOMOS MAIS QUEM ÉRAMOS QUANDO SENTIMOS AQUILO. **É TUDO SEMPRE NOVO.** E SINCERAMENTE? GRAÇAS A DEUS POR ISSO.

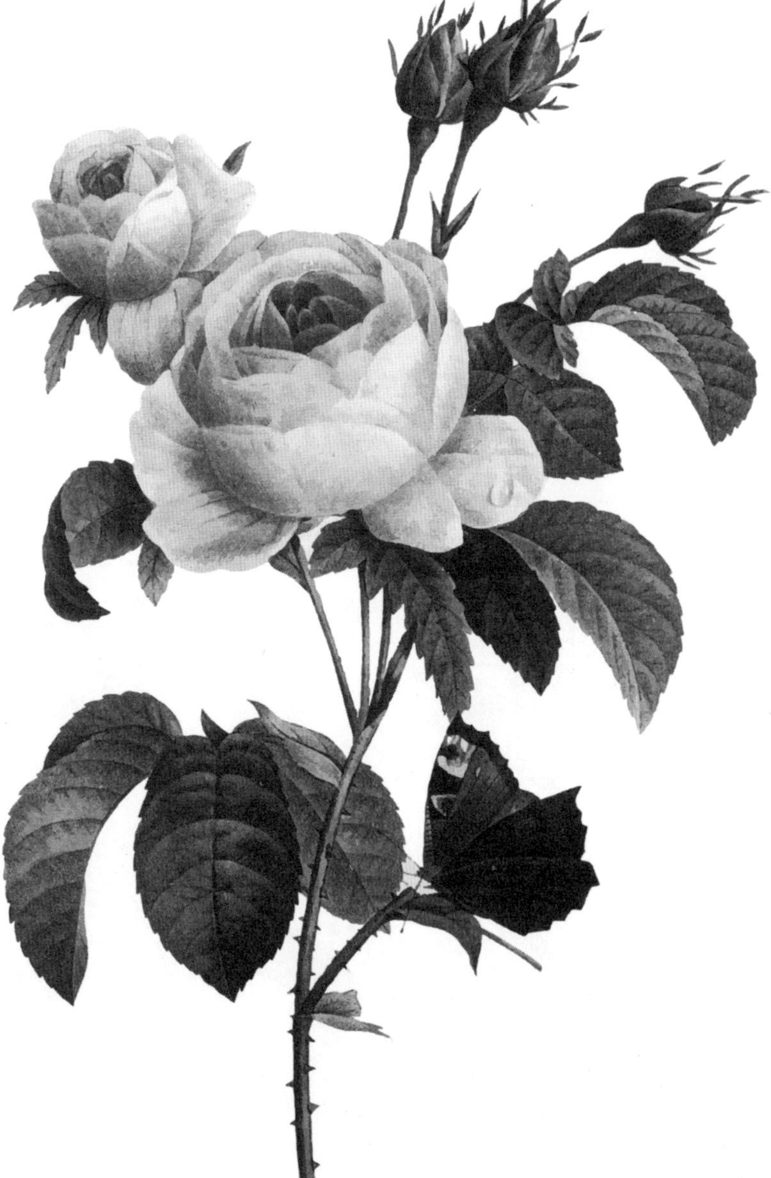

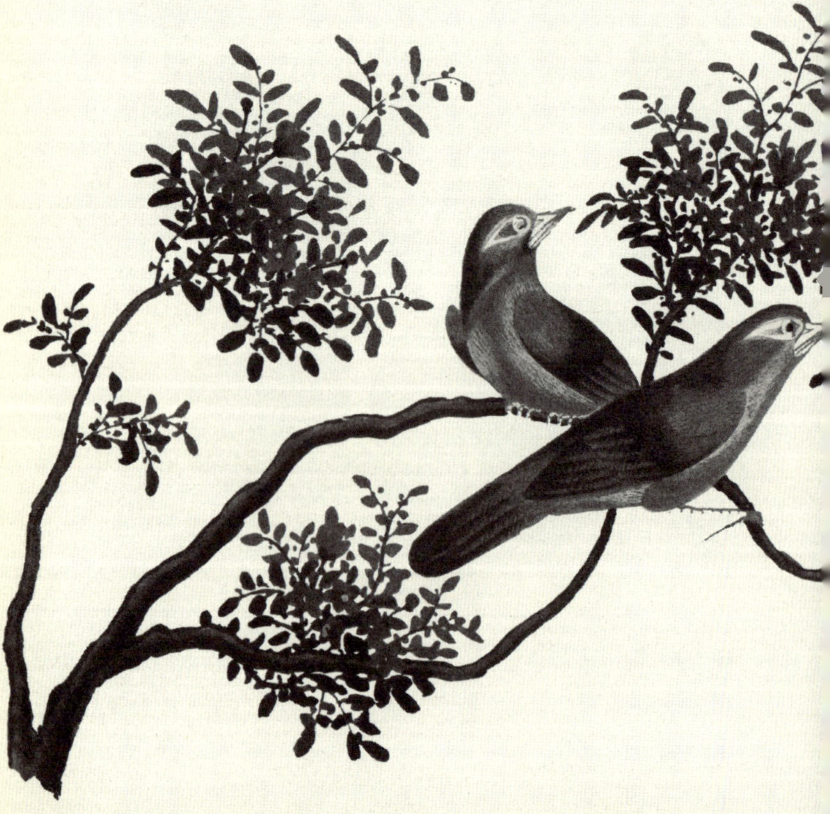

EM GERAL, TUDO DE QUE A GENTE PRECISA É PARAR UM POUCO PARA OBSERVAR A PRÓPRIA CAMINHADA E SE PERMITIR FICAR FELIZ PELO QUE JÁ CONQUISTOU, MESMO QUE NÃO SEJAM CONQUISTAS GRANDIOSAS AOS OLHOS DOS OUTROS. **NA ÂNSIA DE TER SEMPRE MAIS, A GENTE SE ESQUECE DE AGRADECER O QUE TEM NAS MÃOS.**

NÃO ACREDITO EM PESSOA CERTA NA HORA ERRADA

Antes de qualquer outra palavra dita, quero adiantar que nunca fui muito fã do "e se...". Sempre gostei de pagar para ver. É claro que, às vezes, o preço é alto demais para as minhas economias emocionais e acabo no prejuízo, mas, em outras ocasiões, e espero que esta seja uma delas, a derradeira, eu ganho na loteria do coração.

Quero confirmar agora tudo aquilo que já disse em outras palavras: eu te amo. Eu te quero. Eu te desejo. Você foi uma das maiores surpresas que Deus, a vida, o destino, ou qualquer nome de uma força maior e divina que você queira chamar, colocou em meu caminho. Depois que quebrei a cara brincando de amar, corria de todo tipo de sentimento, de todo tipo de compromisso, de todas as pessoas apaixonantes, mas não consegui resistir a você.

Se você quer, eu também quero. E quero muito. Quero mesmo. Quero como nunca quis antes. Um querer que, às vezes, sinceramente, sufoca. Um querer que coloca a minha ansiedade em estado de alerta. Um querer que desperta todas as minhas inseguranças com medo de me mostrar vulnerável e você não me querer de volta. Mas... Eis-me aqui. Mais um cara normal, cheio de contas para pagar, sonhos para realizar e uma coluna meio zoada, mas pronto para oferecer a você todo amor que guardei em um canto especial do peito.

Não acredito em pessoa certa na hora errada. Eu acredito, de verdade, que você é a pessoa certa na hora certa. Esperei você por muito tempo. Então, basta me dizer que sim e a gente sai daqui de mãos dadas. A gente parte para desbravar o mundo juntos. Assim mesmo, como um casal de espiões que vai vivendo aventuras e se beijando quando o tempo permite e o espaço coincide. Sei que o nosso amor não vai ser maré mansa, quero um maremoto para chamar de nosso.

A gente anda olhando para baixo, achando que está seguindo o caminho que foi escrito para a nossa história, como se ele fosse o único a seguir. Então a gente tropeça, cai, rala os joelhos, se fere de mil maneiras.

Cair não é uma escolha. Se levantar não é fácil. Às vezes, a ajuda não vem. Ou não vem quando queríamos. Ou não vem como queríamos. Ou não vem de quem queríamos. Mas é importante pedi-la. É importante tentar.

E quando a gente consegue, pelo menos, olhar para cima, percebe que existem muitos outros caminhos. Que a vida vai muito além daquela queda. Vai muito além do agora.

Crescer me fez entender que não sou capaz de dar conta de tudo. Ou não como gostaria. Ou não quando gostaria. E está tudo bem. Às vezes, é preciso concentrar energias em determinadas áreas da vida e, assim, é inevitável que algumas fiquem descobertas. É preciso escolher quais guerras lutar.

EU QUERIA VER OS MEUS PROBLEMAS DE FORA

A verdade é que eu queria que a minha vida fosse como a de outras pessoas. Pode ser qualquer uma. De um conhecido, de alguém com quem conversei por cinco minutos na fila de uma padaria ou beijei em uma das festas a que fui. Sei que pode até soar estranho querer isso, mas ainda agora, enquanto tomava banho, essa foi a única vontade que tive. É que é mais fácil resolver os dilemas alheios. É mais fácil pensar por alguém, quando não se é esse alguém.

    Se eu fosse o outro olhando para mim, saberia como arrumar esse meu coração que vive morrendo de vontade de se apaixonar, mas corre feito o diabo que tenta se esconder da cruz sempre que qualquer pessoa com reais chances de me despertar interesse profundo se aproxima. Se eu fosse o outro olhando para mim, diria que é para ter mais paciência com essas coisas de vida profissional, que nem tudo vinga rápido, que é preciso muita dedicação e sempre tentar coisas novas. Se eu fosse o outro olhando para mim, me aconselharia a não me cobrar tanto, principalmente com as questões de autoestima, pois está tudo bem ser quem se é, independentemente de como são as outras pessoas.

Queria muito olhar para a minha vida e tentar opinar como quem vê de fora. Se não está no furacão você consegue, pelo menos, supor para onde ele caminha e se preparar para os possíveis estragos que ele irá causar. No meu caso, o máximo que consigo é estar no meio dele. Sabia que existe calmaria ali? Mas tudo ainda segue girando. As questões, os medos, as inseguranças, os desejos e os sonhos.

E, antes que você me pergunte, até porque não temos mais tempo neste texto para conversas, não adianta me olhar de fora e dizer o mesmo que eu diria para o outro. Sendo sincero, acho que só conseguimos opinar sobre os problemas alheios porque não os entendemos. Não entendemos, de fato, a dimensão deles. Nosso dever é apenas arranjar possíveis soluções, e não as colocar em prática. Quem tem uma pedra no sapato sabe quanto dói. O outro, de ouvir, pode imaginar a dor. Empatia ajuda, mas, diante de tudo que já vi e vivi na vida, aprendi que só eu posso desamarrar os meus cadarços e tirar certas pedras que estão me impedindo de caminhar em paz.

NÃO SOMOS MAIS OS MESMOS

Eu queria começar dizendo que sei que já não adianta mais sentir saudades da gente, mas você, melhor do que qualquer outra pessoa do mundo, sabe quanto sou cabeça-dura e insisto em querer o mais difícil. Em querer tudo do meu jeito. Em querer tudo na minha hora. Não digo nada disso com orgulho. Nem mesmo que sinto saudade. Nem que você me conhece bem. Nem que sou tão cabeça-dura assim. Mas sinto. Mas sou. Mas você ainda continua sendo a minha referência de amor.

A essa altura do campeonato, já passamos, ambos, por muitas camas, muitas bocas, muitos corpos, muitas ressacas, porres, lembranças das nossas camas, bocas e corpos. E é louco pensar como ainda gosto do cheiro que o nosso beijo tinha. De como era bom ficar abraçado contigo vendo qualquer filme sem graça, mas me sentindo extremamente completo e protegido pelos seus braços em volta do meu corpo no sofá de casa.

É triste também pensar que não somos mais os mesmos. Nem eu e tampouco você. Mudamos. Mudamos muito. O nosso rosto se transformou, o nosso cabelo, a nossa visão de mundo, a nossa vida. Caminhamos para lugares tão distantes daqueles que um dia chamamos de casa, nos cruzamos pelas estradas da vida, mas estamos a uma distância segura para nunca mais voltarmos a ser um só.

    Eu já não te amo mais. Você já havia deixado de me amar primeiro. Esse texto não é sobre amor. É sobre saudade. Saudade de como era bom ter alguém no mundo que me entendia sem que eu precisasse me explicar. Que dividia os pesos quando eles eram densos demais para os meus ombros. Que conseguia me acalmar só com um abraço e um sorriso.

    A gente se perdeu da gente para se encontrar. Ou a gente se encontrou com a gente para se perder de nós. Agora, somos dois corações um tanto quanto solitários que nunca mais conseguiram se encaixar em nenhum outro peito. E não, não quero voltar atrás. Sei que não há mais como fazer dar certo, mas ainda continuo deitando a cabeça no travesseiro e pensando: *Como será que nós estaríamos se ainda estivéssemos juntos?* Tenho medo, inclusive, da resposta.

Eita, menino, parece que você quer guardar o mundo inteiro nessa caixa, nesse peito, nesse coração que, quanto mais sente, mais quer sentir. Isso que você chama de intensidade é compulsão. Você parece alguém faminto, sedento, que andou pelo deserto e agora sente necessidade de tudo. Ou, talvez, o certo seja se esquecer das medidas e amar desmedidamente. Sem contar o tempo. Se perdendo nas horas. Afinal, nada do que a gente sente, sente por acaso. Ainda que comece assim.

EU TENHO A MIM

É outra crise
É só mais uma crise
Vai passar
Sempre passa
Nem que seja para voltar
Eu preciso me acalmar
Mas... De onde vem a calma?
Para onde ela vai?
Será que ela se esconde?
Será que ela existe?
Será que ela me abandonou?
Será que estou sozinho?
Estou sozinho
Não estou sozinho
Eu me tenho
Eu me tenho
Eu me tenho
Eu me tenho
Vai passar
Sempre passa
Eu me tenho
Tudo bem
Está tudo bem
Não está tudo bem

Mas tudo bem não estar
Lavo o rosto
Me olho no espelho
Repito o meu nome
A minha data de nascimento
Onde estou
E onde estou?
Quem eu sou?
Respondo a perguntas básicas
Preciso me lembrar de quem eu sou
Eu me tenho
Vai passar
E passa
Sempre passa
Nem que seja para voltar de novo
E eu fazer passar outra vez
Ainda bem que eu me tenho
Senão, o que seria de mim?

AMOR, O PRÓPRIO

Houve um tempo
Que não faz tanto tempo assim
Que eu achava que só poderia ser feliz
Acompanhado
De braço dado
Café da manhã na cama
Acordar com alguém ao meu lado
Mas o tempo passou
Eu passei com o tempo
E a passagem me fez perceber
Que eu não precisava de outro alguém
Para ser feliz também
Me tornei o abrigo que nunca imaginei
Acalmei as minhas tempestades
Abri clarões de sol em meio às lágrimas de chuvas
Me remoldei para caber em mim
Agora
Acordo com o meu cachorro
Me olho no espelho
Amo a minha cara amassada
As roupas velhas que faço de pijamas
Meu pão na chapa
E tudo isso só para mostrar que
Ainda assim é possível ser feliz sozinho

Como na cama
Sou a parte que faltava
No meu inteiro
Mesmo ainda cheio de partes
Que, vez ou outra,
Ainda divido
Ou melhor, empresto
Nunca mais me dou por inteiro
Ninguém me merece tanto
O tempo me ensinou
Fiz questão de aprender

DESPEDIDA

Uma vez, escrevi: "Amar não é só dias de sol e maré cheia. Aprende, pequeno". Acho que foi um dos conselhos mais úteis que me dei sem perceber. É que a gente é bombardeado por toda essa idealização do que é o amor, do que vai ser um relacionamento, mas o dia a dia, nossa, nem de longe se parece com os contos de fada. Hoje, eu sei.

Levou muito, muito tempo para entender o que é um amor real. Para ser exato, quase 30 anos de vida. Talvez, essa visão minha ainda mude muito. Mas ela já não se parece nem um pouco com a do meu eu do passado. Acho que perdi, inclusive, aquele credo no "para sempre". Prefiro que seja "enquanto fizer sentido sentir". Isso é ter mais responsabilidade emocional, sobretudo, comigo.

Depois de escrever todas essas palavras, depois de ter aberto meu coração para você, espero que nós dois tenhamos mais coragem de sentir, de se entregar, de amar. É preciso coragem demais para isso, eu sei. Mas só de a gente não desistir do amor, de amar, já é um grande passo. No fim, ainda acredito que essa seja a única saída. Ainda acredito que o amor é capaz de mudar o mundo. Nem que seja o meu.

Te peço desculpas se te arranquei uma ou outra lágrima, se fiz teu coração descompassar ou te fiz lembrar de coisas que tu gostaria de se esquecer. É que tudo que foi dito fez parte do meu processo de exorcismo do trauma que o amor tinha se tornado. Não sei se te ajudei a fazer isso também ou se acabei atrapalhando ainda mais, mas não se esqueça de que se perder também é caminho. A Clarice Lispector disse isso e eu peguei para mim.

Odeio despedidas.

Nunca sei o que dizer...

Parece que eu fico com o olho cheio de pensamentos e não dá para verter lágrimas de palavras. Mas fica tudo aqui, sabe? Marejando. Me impedindo de dizer tchau, porque isso significa encerrar (quase) tudo. E eu sinto que, enquanto estou escrevendo, as coisas ainda podem mudar. Aquilo de "se não deu certo é porque ainda não chegou ao final". Tenho medo deste ser o final e não ter dado certo. Mesmo sem saber direito o que isso significa.

Sendo assim, até logo?

Ainda vamos nos ver por aí?

Ainda vamos nos abraçar e sentar para conversar como dois velhos amigos?

Espero que sim.

Espero que minhas palavras, até lá, tenham te abraçado.

Se eu consegui isso, terá valido a pena.

Fecha o olho, me manda um sentimento bom, uma energia positiva, agora, se isso aconteceu. Independentemente de onde eu esteja, vou sentir.

É importante para mim.

Obrigado por ter caminhado até aqui comigo.

Não sei para onde iremos agora, mas espero que o destino seja um senhor gentil com a gente.

Até mais!

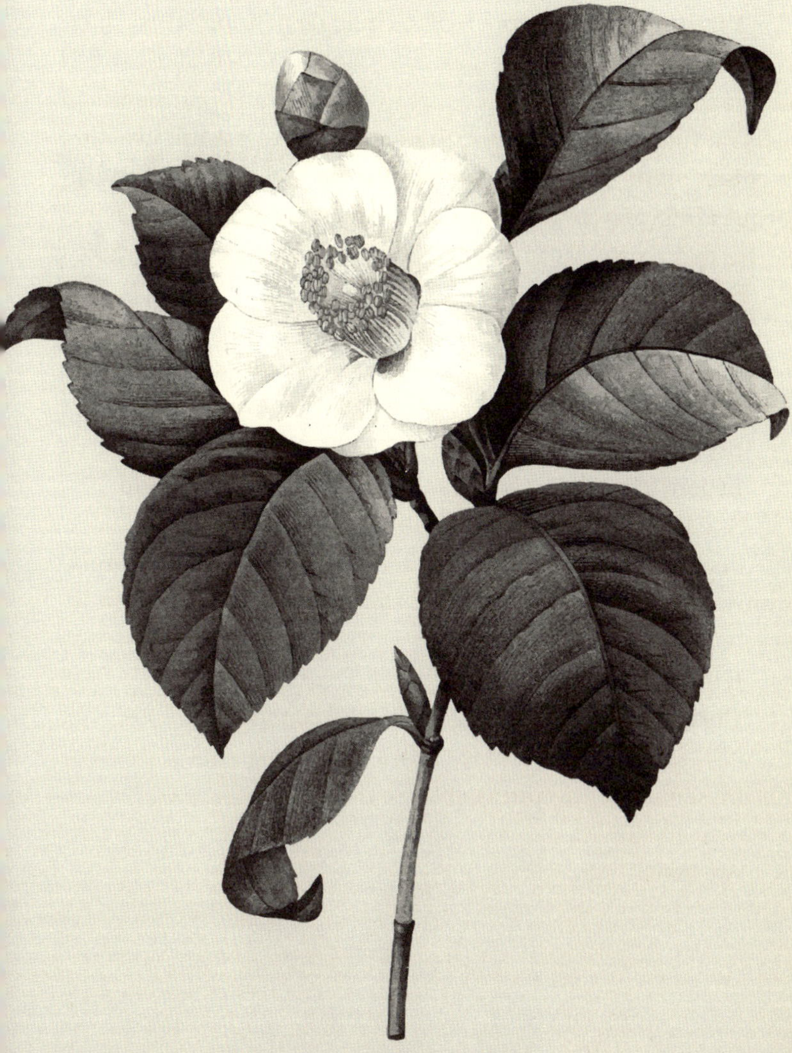

Leia também:

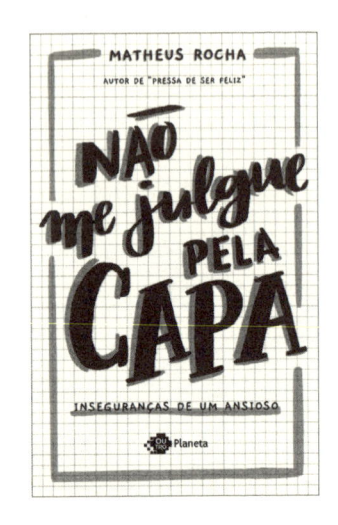

MATHEUS ROCHA

pressa de ser feliz

crônicas de um ansioso

MATHEUS ROCHA
AUTOR DE "PRESSA DE SER FELIZ"

NÃO me julgue PELA CAPA

INSEGURANÇAS DE UM ANSIOSO

Matheus Rocha

O cuidador de pássaros